KB071044

나그네 인생

나그네
인생

강병선 시조집

문학공감 도서출판

필자의 말

　우리 모두는 빈손으로 이 땅에 왔다가 또다시 빈손으로 돌아가는 인생입니다. 죽을 둥 살 둥 악착같이 일만 하다가 무슨 일이 그리도 바쁜지 동행해 주는 사람도 없이 남편도 아내도 자식도 그리고 부모형제 친구도 다 버리고 혼자서 먼 길 떠나는 나그네입니다.

　그런데 코끼리와 거북은 2, 3백 년을 산다고 알려져 있습니다만, 이에 비해 우리는 100년을 살지 못하고 죽습니다. 통계청 발표(2020년)에 의하면 우리나라 국민 평균수명이 83.5세라고 합니다. 이제는 누구나 80년 이상이 아니라 100년도 넘게 살겠다는 꿈은 갖고 살게 되었습니다.

　이렇게 인간의 수명은 점점 더 길어지고 있습니다만, 짧다면 짧고 길다면 긴 인생입니다. 나이를 먹은 어느 날 살아왔던 인생길을 뒤돌아보고는 가 보고 해보고 맛있는 걸 먹고 즐기며 잘 놀아보지도 못했노라고 한탄합니다. 덧없이 늙어버린 자신을 뒤돌아보며 이 세상 떠날 때가 되었다며 많은 사람이 후회합니다.

　어느 시인은 인생을 말하기를 소풍 끝나고 집에 돌아가 나 즐거웠노라고 세상에서 삶을 얘기하겠노라고 썼으며 어느 인기 가수는 인생은 나그네며 하숙생이라고 노래했습니다. 이처럼 인생길을 다 걷고 황혼길에 들어선 사람 중에는 초등학교 소풍처럼 즐겁게 살았다고 말하는 사람도 있지만, 많은 사람이 만족스럽게 살지 못했다고 떠돌이 나그네처럼 인생을 살았다고 말합니다. 그런가 하면 똥밭에 뒹굴어도 저승보다는 이승이 좋다는 사람도 있습니다. 누구나 행복하기보다는 불행하게 살았으며 나그네 하숙생처럼 살았다며 짧은 인생을 보람있게 살지 못했노라고 한탄합니다. 사랑하는 아내와 남편 그리고 가족 모두도 알콩달콩 모아 놓은 재산도 한 푼 갖지 못하고 그대로 두고 떠난다며 인생길 다 걷고 나서야 후회하는 사람이 많습니다.

어린 시절은 설쇠고 나면 또 다음 해 설인 1년을 기다리기 지루했고 젊었을 때는 세월이 무엇인 줄도 모르고 살았습니다. 주변에 나이 많은 어르신들이나 뜻있는 분들이 젊었을 때 세월을 아끼라 하신 말씀도 허투루 듣고 살다가 황혼길에 들어서야 꽁지에 불붙은 호랑이가 달리는 것처럼 빨리 가는 세월을 붙잡아 보려고 애쓰고 있으니 아이러니합니다.

우리는 모두 빈손으로 와서 여관방에 투숙했다가 날이 새면 어디론가 떠나가면 다시는 돌아오지 않는 나그네입니다. 세월이 쏜 살과 같음을 알고 뒤늦게 지난날을 뒤돌아보며 보람있게 살지 못했는데 남은 생도 얼마 남지 않았다며 후회하는 인생입니다.

우리는 누구 할 것 없이 진시황처럼 죽음을 고민해봤을 것이며 허무한 인생이라고 생각에 잠겨보지 않은 사람은 없을 것입니다. 그러나 우리 모두는 어디에서 왔다가 어느 곳으로 가는지도 아무도 모릅니다. 그렇지만 언제 어디를 어떻게 가는지도 모르면서 모두 바쁘기만 합니다. 어떤 이는 조그마한 오두막집을 짓고 살았고 또 어떤 사람은 호화로운 궁궐 같은 집을 짓고 부모·형제 모시고 자식을 거느리고 천년만년 살 것처럼 만반의 준비를 해 놓지만, 어느 날 모두 그대로 두고 떠나는 나그네와 같습니다.

지금은 옛날보다 변화된 세상이며 경제성장으로 인해 삶의 질이 좋아져 평균수명이 참 많이 늘어났습니다. 하지만 우리 삶은 고작 1, 20년 아니 2, 30년 늘어난 것이니 8, 90년 살다가 결국은 정처 없이 가야 하는 나그네입니다.

세상에 잠깐 머물러 살면서 천년만년이나 사는 것처럼 죽을 때가 다 된 8, 90이 넘는 사람도 재물 모으기에 혈안입니다. 그러나 죽을 때는 그 누구도 자기가 모은 재물 한 점 한 푼도 갖지 못합니다. 빈손으로 나그넷길 떠나야 하는 분들이 『나그네 인생』을 읽으면서 걸었던 인생길을 뒤돌아봤으면 좋겠습니다. 『나그네 인생』은 대하 장편소설 『무죄』 9권과 함께 늦어도 10월 말이면 세상에 빛을 보게 될 것입니다.

제가 그야말로 몇 년 동안에 걸쳐 심혈을 기울여 쓴 대하 장편소설 『무죄』는 일본강점기인 미나미 총독이 우리나라에 부임하던 직전 때부터 우리나라가 해방 맞은 후 혼란스러운 격동기를 썼습니다. 미 군정과 이승만 정부의 실정으로 인해 여순사건이 발생하면서 지역 주민들이 암울했던 때를 배경으로 한 것이니 많은 관심 가져 주셨으면 좋겠습니다.

끝으로 시집 『봄 여름 그리고 가을 겨울』에 이어 2022년에도 시조집 『나그네 인생』을 출간할 수 있도록 전액 지원해 주신 한국예술인복지재단에 감사드리며 필자가 책을 세상에 내놓을 때마다 수고해 주신 지식공감 김재홍 사장님과 김혜린 편집자님과 여러 팀원님께도 감사드립니다.

작품소개

초등학교 때 꿈을 환갑이 훨씬 넘은 후에 깨닫고는 낮이나 밤이나 밥 먹고 잠자는 시간만 빼고 무턱대고 써 댔습니다. 시를 쓰고 남이 보기에 형편없는 수필을 쓰고 소설을 정신없이 썼습니다. 어찌했거나 주변 사람들로부터 시인, 수필가, 그리고 소설가라는 명칭을 듣고 있습니다. 시조에 매료된 나머지 다른 장르의 글은 뒤로 밀쳐놓고 시조 쓰기 삼매경에 빠졌습니다.

'세월'이란 제목으로 200여 편의 시조를 엮어 책으로 내고 난 후에 또 다른 시조 원고가 있어 '한국예술인복지재단' 지원사업에 지원 신청했더니 재작년 시집 『봄 여름 그리고 가을 겨울』에 이어 이번에도 선정해 주셨습니다. 이에 대하 장편 소설 『무죄』 9권과 함께 '나그네 인생'이란 제목의 시조집을 출간하게 된 것입니다. 대부분이 내가 살아왔던 지난날의 한을 풀어내느라 작품성은 떨어진 것들입니다. 세월, 나그네 인생살이에 관한 것들로 대부분 허무한 인생을 한탄하는 것들입니다.

자유시와 달리 시조는 한국 시조 협회 단체들이 정형 시조 쓰기를 권장하지만 많은 시인이 꿈쩍도 하지 않습니다. 틀을 벗어나지 않고 기승전결(起承轉結)이 확실해야 한다는 원칙을 저 나름대로 적용했습니다. 초장, 중장, 종장 포함 45글자 이내로 쉼표나 마침표 기호도 글자 수로 포함하는 사단법인 한국 시조 협회의 정형 원칙을 적용했습니다.

이에 3장 6구 12절로 초장, 중장은 3.4.3.4 또는 3.4.4.4 형식으로 썼으며 종장은 3.5.3.4 또는 4.3 형식을 벗어나지 않았습니다.

필자는 고향에서 어렸을 때 육자배기도 아니고 유행가나 가요도 아닌 것을 어머니 또래 어르신들께서 뙤약볕에 밭을 매면서 또는 삼베를 짜다 끊어진 실오라기를 이으면서 한탄스러운 넋두리를 노래처럼 부르신 것을 자주 듣고 자랐습니다. 이런 것들이 시조, 시를 쓰는 데 많은 도움이 되었습니다.

시나 시조는 100여 수 안팎으로 책을 내는 게 추세지만 저는 앞서낸 시조집 『세월』과 시집 『세월아 친구 하자』에 200여 수 넘게 수록했고 이번에 한국예술인복지재단에 지원받아 출간한 『나그네 인생』도 200여 수로 고집한 이유가 있습니다. 누구도 책을 읽으려 하지 않는 요즘, 책 한 권 내기는 큰맘 먹어야 하는 어려운 일이라 출판비용을 절약하려는 의도라 보면 되겠습니다. 그러고 보니 2000년에 한국예술인복지재단에서 지원받았던 시집 『봄 여름 그리고 가을 겨울』도 200여 수 넘게 수록했습니다.

이번에 낸 시조집은 가족과 삶(31수), 고향(15수), 계절(37수), 사회(41수), 세월(23수), 인생(32수), 자연(23수)으로 7개 장을 나누었습니다. 책 제목을 '바람과 세월'로 정할까 고민하다가 '나그네 인생'으로 결정한 것은 202개의 작품 대부분이 인생에 관련되었기 때문입니다.

01 가족과 삶

02 고향

03 계절

04 사회

05 세월

06 인생

07 자연

01
가족과 삶

그가 있어

기쁠 땐 함께 웃고 힘들 땐 기대면서
머나먼 인생길이 그대 있어 행복했고
우리는 연리지처럼 둘이지만 하나였네

고달픈 나그넷길 언제든지 곁에 서서
사십 년 가시밭길 이정표가 돼준 당신
그대는 나의 동반자 영원한 좋은 친구

등허리 가려울 때 품앗이로 긁어주고
이 얘기 저 얘기로 심심한 줄 몰랐으니
인생길 그대가 있어 소풍처럼 행복했소

아내와 함께한 삶을 어느 날 뒤 돌아보고 깜짝 놀라고 말았다. 연리지처럼 하나 되어 산 지가 어언 40년하고 3년이 더 지나버렸다. 만약에 나 혼자 인생길 걸었더라면 예까지 어찌 왔을까 싶다.

나그네 인생

그곳

무대 위 여가수가 아슬아슬 위태롭다.
긴 바지 긴 셔츠는 번거롭다 그 말인가
몸동작
비틀어대면
그곳이 보이겠네

늙은이 내가 봐도 아랫도리 간질간질
그것이 가려워서 긁지 않고 어찌 살까
피 끓는
젊은이들은
감정억제 힘들겠네

신께서 주신 번식본능이 인간과 동물과 식물에도 있다. 동물의 수놈은 언제 어디서든지 본능을 표출하고 싶어 한다. 여자의 노출을 목도한 남성에게 생식본능이 나타나지 않으면 비정상이라고 흔히들 말한다. 이때 감정을 표현하면 성폭력이라며 처벌받는다.

그곳에는 필요 없는 것

인생이 가야 하는 미지의 세계에는
자상한 신사임당 인자한 세종대왕
숭고한 율곡 퇴계도 그곳엔 필요 없네

인생길 남은 길이 얼마 남지 않았으니
종착역 도착하면 필요 없는 재물인데
전대에 동여맨 돈을 어리석게 풀지 않네

곳간에 차곡차곡 쌓인 돈이 가득해도
오늘 밤 당신 목숨 하나님이 거두시면
통장에 쌓인 돈들은 뉘 소유 되겠는가

신사임당 오만 원권, 세종대왕 만 원권, 율곡과 퇴계 오천 원권, 천 원권, 돈도 우리가 가는 곳엔 필요 없다. 성경에 어리석은 부자 얘기가 있다. 가난한 자에게 베풀지 않고 곳간을 채워봐야 오늘 밤 생명 주신 주인이 목숨을 거두어가면 그 재물이 누구 것이 되겠냐고, 욕심껏 쌓아두기만 하면 어리석은 부자라고 말했다.

나그네 인생

그대

인생길 동행해 준 당신이 고마워서
지난날 돌아보니 눈물이 나려 하네
눈감고
불러봅니다
내 사랑 그대라고

때로는 친구처럼 오누이 남매처럼
어렵고 힘들 때나 기쁘고 즐거울 때
언제나
어머니처럼
지극정성 고마워라

딱 한나절 입었던 샤쓰를 아내가 세탁기에 집어넣는다. 하루 세 끼 밥상
차리고 그림자처럼 어머니처럼 돌봐 준다.

그때

봄비가 내리는 날 커피잔 손에 들고
창밖을 쳐다보며 그때를 더듬으면
눈앞에 보릿고개를 넘던 때 펼쳐지네

두 아이 거느리고 아내와 같이 넘던
가파른 고갯길을 한 고개 넘고 나면
한 많은 아리랑고개 어느새 나타났지

봄비가 오는 날은 그때가 펼쳐지고
즐겁고 행복했던 날들은 짤막하며
험한 길 가시밭길만 눈앞에 성글이네

뜨겁던 커피잔은 어느새 싸늘하고
창에는 험난했던 그때만 펼쳐지니
식은 잔 내팽개치고 낮잠을 즐기련다

나그네 인생

그때가 그립구나

옛날에 나 어릴 때 그때를 보내기는
하루는 너무 짧고 일 년은 지루했네
하루가
천년 같았던
그때가 그립구나

오뉴월 하루해는 십 년 세월 보내기라
주린 배 달래면서 잠자리에 일찍 들며
부모님
주고받으신
옛날얘기 생각난다

끼니를 거른 건 아닌데 그때는 항상 배고팠다. 밤에는 잠이라도 자면 되었으니 지루한 줄을 몰랐었다. 옛날에 살기는 힘들었지만, 세월이 더디 가는 어렸을 때가 나는 그립다.

그때가 좋았었지

가운데 구멍 뚫린 블로크로 쌓아 올린
스레트 지붕 아래 바람 솔솔 들어와도
맨바닥 비닐장판에 홑이불도 따뜻했지

어렵게 살던 시절 돈 없고 가난해도
부부가 사랑하고 두 딸을 길렀으니
단칸방 생활을 했던 그때가 좋았었지

방 안에 은밀한 곳 재물을 숨길 일도
새 지폐 세종대왕 신사임당 없었으니
밤손님 오신다 해도 아무 걱정 없었지

월세방 전전하며 오랜 세월 살았어도
불나면 어떡하나 근심 걱정 없었으니
맘 편케 살았던 시절 그때가 좋았었지

삶의 기본인 의식주 걱정은 없는데 결혼적령기가 훨씬 지나버린 자식이
요즘에 유행인 3포, 4포 아니 5포, 6포로 살고 있으니 자나 깨나 걱정
이다.

나그네 인생

그림자

내 형상 닮은 그대 분신처럼 나타나서
앞서거니 뒤서거니 언제나 같이해준
그대는
나의 동반자
영원한 친구일세

가난과 벗을 하고 살아왔던 지난날을
사십 년 함께 했던 사랑하는 아내처럼
이 세상
끝날 때까지
나를 지켜 준다 하네

내 그림자는 하루 24시간 나와 함께 한다. 다만 빛이 없을 때는 눈으로 볼 수 없지만, 분신처럼 내 옆에 있어 주는 그림자다. 아내가 바로 그림자 같은 내 분신이다. 내 맘속에 자리 잡은 내 사랑하는 그대 당신이야말로 영원한 동반자 나의 그림자 같은 분신입니다.

꿈

시 쓰고 글 쓰는 것 어릴 때 꿈이었지
뒤늦게 깨고 나니 서산에 해는 지고
어느새 늙은 몸이라 갈팡질팡 하고 있네

환갑이 지났는데 이제야 잠이 깨어
짧은 글 써야 할까 소설을 써야 하나
하루가 너무 짧으니 무슨 글 어울릴까

뒤늦게 꿈을 깨니 날은 벌써 석양이라
어릴 때 꿨던 꿈이 개꿈 되면 어떡하나
온종일 읽고 쓰지만 뜻대로 되지 않네

초등학교 5학년 때 담임이신 차상우 선생님께서 "병선이 니는 글짓기
를 잘하니 훌륭한 시인이 되며 소설가가 되겠구나." 하시며 꿈을 키워주
셨다. 그러나 그 꿈을 깨고 나니 환갑이 훨씬 넘어 있었다. 늦은 나이에
읽고 쓰느라 눈코 뜰 새 없이 바쁘기만 하다….

끝은 있다

세상에 제아무리 높고 깊은 산도 강도
바다 끝 수평선도 반드시 끝은 있어
품은 뜻 굽히지 않고 계속해 걸으리라

태산이 높다지만 하늘 밑에 솟았으니
쉽잖고 올라가면 봉우리가 보일 테지
첫걸음 떼던 맘으로 걷다 보면 끝은 있네

천릿길 만릿길도 높은 산 오르듯이
시작이 반이다는 속담을 교훈 삼아
끝없이 노력 다하면 그 뜻은 이룰 테지

토끼와 거북이 어떤 산을 목표로 정하고 경주를 벌이면 토끼에게 거북
이 패하는 것은 누구나 알 수 있다. 그럴지만……

부모님이 불쌍쿠나

사계절 일 년 내내 하얀 쌀밥 넘쳐나고
여름엔 냉방장치 겨울에는 난방장치
농사는 기계가 척척 살기 좋은 세상이네

똥밭에 뒹굴어도 이생 좋다 하시더니
한평생 보릿고개 되풀이 넘으시다
끝내는 포기하시고 어디를 가셨을까

살아온 지난날을 뒷짐 진 채 돌아보며
세월 참 빠르구나 한탄하신 그 말씀이
부모님 나이가 되니 귓전에 생생하네

산업화 발전으로 놀랍도록 경제가 성장했고 만물이 풍요로워 살기 좋
은 세상인데 부모님께서는 이미 하늘나라로 가신 지 오래다.

나그네 인생

부모 마음

이 세상 부모 마음 다 같은 마음이듯
아들딸 잘되라고 비는 마음 다 같을 것
내 자식
만사형통을
빌지 않는 부모 있나

두 딸만 바라보는 해바라기 삶이었다
내 언제 큰딸이며 작은딸을 차별했나
가까이
품고 싶은데
부모 맘 몰라주네

부부의 날(1)

해마다 부부의 날 있는 듯 없는 듯이
무심히 보내버린 철부지 남편 노릇
늙어서
고치려 하니
아내에게 민망하네

신록이 푸른 계절 가정의 달 맞고 보니
어린이 어버이날 스승의 날 날도 많다
사십 년 살던 아내와 부부의 날 미안하네

해마다 오월 오면 어머니만 떠올리며
부모님 애달파라 애걸복걸 하면서도
아내 손
어루만지며
고맙다 말 못했네

부부의 날(2)

내 자식 내 부모님 스승의 날 새기면서
가까이 살 비비고 살아준 것 당연한 듯
내 옆에
아내에게는
부부의 날 못 챙겼네

길러준 부모보다 더 오랜 세월 동안
삼식을 챙겨주고 어린 자식 키우듯이
사십 년 희생한 아내 엄마 같은 사랑이네

때때로 어깨 다리 아프다 하는 아내
어느새 머리 색깔 하얗게 변했으니
고왔던
사대육신이
나를 닮아 가고 있다

사람

지구촌 세계에는 사람들이 나고 죽고
잘나고 못난 사람 수십억이 살지마는
모두다
인간이더냐
사람답게 살아야지

키 크고 약력경력 높은 벼슬 가졌으나
인품이 사나워서 칭송받지 못한다면
이 어찌
사람이더냐
금수나 같은 거지

_____

꽃봉오리 크고 화려한 빨간 장미에는 벌 나비가 날아들지 않는다. 빈터
에 방치된 땅바닥에 피어 있는 이름 없는 꽃에는 벌 나비가 찾아드니
진정한 꽃이 아닌가? 아무리 잘 나고 똑똑한 사람이지만 사람답지 못
한 짓을 하면 사람이라 할 수 없다.

사랑이면 다 될 거야

우리가 하는 사랑 금과 은 필요 없네
자본금 필요 없이 누구나 하면 되지
가까운
이웃을 찾아
사랑한다 말해보라

사랑은 믿음 소망 그중에 제일이라
기록된 성경 말씀 태산도 옮긴다지
부부가 금실 좋으니 무엇을 더 바랄까

서로가 배려하고 백지장 맞들듯이
성경에 말씀처럼 부부가 합심하고
날마다
즐겁게 살면
이가 곧 사랑이라

살만한 세상

세상사 겪다 보면 길고 짧은 일도 많아
눈 귀로 보고 듣고 흘렀어야 맘 편하다
애당초
오르지 못할
나무지 않았던가

우리 집 살림살이 늘어나지 않지마는
남이야 집을 사든 논을 사든 상관 않고
닫힌 문
열어젖히면
살만한 세상이네

이 땅에 많은 사람 수없이 모여 살고 있지만 옛날엔 모두 다 나보다는
우월하게 보였다. 명품신발에다 명품재킷, 내가 메고 있는 가방을 보다
열등의식을 느꼈었다. 그러나 지금은……

삶(1)

세상에 어느 누가 근심 걱정 없이 살며
날마다 즐거우며 걱정 없이 살 수 있나
오늘은
흐리다가도
내일은 맑을 테지

남들은 잘사는데 우리만 못산다며
넋두리 늘어놓고 한숨만 쉬면 될까
오늘은
슬프다가도
내일은 기쁠 테지

가방끈 짧다 하여 열등의식 갖지 말고
내 키가 짤막한 것 기죽을 필요 없지
가진 것
많지 않은 건
부끄러워 말아야지

삶(2)

모두 다 세상살이 거기서 거기이지
사는 것 내나 너나 다르지 않을 거야
강남에
산다고 해도
하루 세끼 더 먹는가

돈이야 돌고 돌다 언젠가 내게 오니
오늘은 궁핍해도 내일은 부하리다
캄캄한
쥐구멍에도
볕들 날 있으리라

잘 나고 건강하며 부귀영화 누리면서
부동산 금은보화 가진 것 자랑 마라
세상에
영원한 것은
아무것도 없느니라

나그네 인생

삶(3)

세상에 소풍하러 잠시 잠깐 다니러 온
나그네 인생이니 격이 맞게 살아가면
언제든
떠나야 할 때
훌훌 털고 가기 편타

밝은 날 지나가면 어두운 밤이 오듯
만남의 기쁨 있고 이별의 슬픔 있어
인생은
모두 같으니
누군들 별다를까

비바람 제아무리 거칠게 불어댄들
때 되면 멈추는 것 내일은 맑을 거야
하늘 뜻
받들어 살면
이가 바로 천국이네

삶(4)

폭풍이 지나가면 천지가 고요하듯
살을 앤 겨울바람 계속해 불어대도
머잖아
봄이 온다는
꿈 있어 행복하네

골짜기 깊어 봤자 가다 보면 정상이듯
쓸쓸함 외로움이 제아무리 오래인들
날과 달
지나고 나면
모든 건 해결되네

어느 집 할 것 없이 크고 작은 사연 있듯
내 인생 네 인생이 뭐가 별반 다르겠나
낮과 밤
바뀐다 해도
삶은 다 같을 테지

나그네 인생

삶(5)

푹푹 찐 여름날에 활짝 열린 창문으로
시원한 산들바람 들어왔다 나가는 건
자연의
순리이다네
부질없이 막지 마소

하늘을 지나가는 구름과 햇볕인들
적당히 즐기다가 되돌려 보내야지
내 것이
아닌 것들은
붙잡지 말아야 해

흐르는 저 강물을 붙잡을 수 없다 하듯
바람을 잡는다고 잡힐 바람 아니다오
세월도
마찬가지라
갈 테면 가라 하지

새봄이 온다지만

만물이 소생하고 새봄 노래 들리는데
오래된 늙은 나무 꽃피울까 걱정이네
떠나간
이팔청춘이
다시 오면 좋겠네

흘러간 저 강물이 돌아오지 못하듯이
떠나간 내 젊음도 회춘하지 않을 거야
봄 맞는
설렘도 없이
어정쩡 임을 맞네

물질이 풍요롭고 살기 좋은 세상인데
몸동작 둔해지고 노쇠현상 빨라지네
연약한
늙은이에게
코로나가 겁을 주네

서울살이

고향에 가려 해도 가진 돈 많지 않아
울적함 달래려고 남산에 올랐더니
장안에 네온사인이 하늘에 별 같더라

큰 조개 작은 꼬막 엎어 놓은 소꿉처럼
큰 건물 작은 건물 토닥토닥 붙었어도
내한 몸 누울 수 있는 골방 한 칸 없더라

답십리 산동네서 판잣집 얻어 살 때
한눈에 펼쳐지는 서울 시내 야경들이
남산서 내려다보듯 두 눈이 황홀터라

나이 서른이 다 되도록 재 너머 천수답 농사를 짓고 살다 가진 돈 없이 서울에 돈 벌겠다고 올라갔으나 촌놈을 아무도 반겨 주지 않았었다. 싸구려 하숙방을 돌며 마땅한 일자리를 찾았으나 여의치 않았었다. 남산에 올라 시내를 내려다보았더니 크고 작은 건물들이 옹기종기 밀집해 있었으나 내 몸 의지할 곳은 없었다.

설렘

하늘이 내게 주신 축복은 언제 오고
새봄은 나에게도 가까이 찾아올까
꽃피고 아지랑이가 춤추니 맘 설렌다

이 나이 이르도록 이 몸이 사는 것은
거룩한 하늘에서 내게 준 축복이지
허황된 꿈과 욕망이 나에겐 병이 되네

내 맘속 한편에는 활짝 핀 꽃 한 송이
언제나 소망 꽃이 희망 품고 향기 뿜어
사계절 변함없으니 꽃밭에서 살고 있다

하늘의 별 따기처럼 당첨의 행운이 어려운 로또 복권을 사고 당첨 발표
일을 설렘으로 기다리는 사람들처럼 나도 아르코 창작기금과 대산 창작
지원 신청하고 선정된 것처럼 설렘에 빠진다.

나그네 인생

신념(信念)

달걀로 바위 친들 아무 소용 없을 테고
천년을 내리친들 바위 구멍 뚫릴 텐가
섣부른
판단 가지고
높은 탑 어찌 싸랴

파도에 몸을 맡긴 바닷가 몽돌 보라
강가에 조약돌이 수만 번 굴렀으니
모난 돌
둥글둥글해
나에게 교훈 주네

오르며 떨어지다 구더기가 파리 되듯
캄캄한 쥐구멍에 볕들 날이 있으리라
품은 꿈
이루리라고
내 맘을 다스린다

아버지 논

평생을 머슴살이 땅 한 평 없었으니
무소유 법정 스님 교훈처럼 사시다가
지천명 넘어서고야 고사골 논 장만했네

스스로 돕는 자를 하늘은 돕는다며
천수답 장만하고 하늘에 감사하며
날마다 두더지처럼 땅만 파고 살았었네

내 고향 나고 살던 뒷산 너머 고사골에
천수답 다랑논이 생명줄 이어주던
그 옛날 보릿고개를 넘던 때 그립구나

평생을 머슴살이하다 지천명이 넘은 나이에 동네 뒷산 너머에 고사골이
라 부르는 골짝에 세 마지기 천수답을 머슴 살아주기로 하고 선 새경을
받아 장만했었다.

나그네 인생

어머니(1)

해마다 기다려도 임신소원 못 이루고
맘고생 이만저만 시름 많던 당신께선
줄줄이 아들을 낳고 누이동생 낳았었지

아궁이 가마솥 위 정한수 올려놓고
자식을 주시라고 손 모아 빌던 당신
삼 남매 낳고 기르며 편한 날 있었던가

위아래 앞뒷집은 아들 낳고 딸도 낳고
당신은 임신 못 해 죄지은 듯 노심초사
마침내 뜻 이뤘지만 고달픈 삶 하셨었네

한국전쟁이 한창이던 때 서른넷 나이로 나를 낳으셨다. 그때만 해도 서른 중반까지 생산을 못 하면 다들 출산은 어렵다고 내다 볼 때란다.

어머니(2)

그립고 울적할 땐 습관처럼 불러 보면
하늘길 떠나가신 어머니는 대답 없고
목이 멘 메아리 소리 들리다 사라지네

아무리 불러 보고 큰 소리로 불러 봐도
그리운 어머니는 듣도 보도 못하시나
얼마나 멀리 가서서 되돌아 못 오실까

조금만 기다리면 그토록 원하시던
아파트 장만한 것 보시고 가시지요
무엇이 바쁘시기에 머나먼 길 가셨나요

아버지는 1982년 82세에, 어머니는 30년 전 1992년 2월 75세 때 세상
떠나시고 그해 여름에 15평 아파트를 장만했었다.

나그네 인생

어머니날

남북한 전쟁일 때 죽음공포 겪으시며
진자리 마른자리 옮기시며 길러주신
그 은공 갚으려 하니 어디 가고 안 계시네

철부지 이 자식이 두 딸 낳고 철이 드니
어느새 어머님은 먼 길 가고 안 계셔요
효도는 언제 하나요 가슴만 친답니다

해마다 어머니날 맞으면서 꿈꾸지만
어이해 어머니는 꿈동산에 안 오실까
기해년 어머니날은 일찍이 잠자려네

어머니날이 내일입니다. 어머니날이 다가올 때 어머니 아버지 생각하면
가슴이 쿵 하고 울립니다. 명절이나 오늘처럼 어버이날은 어머니가 더
보고 싶습니다. 2019년 어머니날을 맞으면서.

어미 개가 애처롭네

줄줄이 갈빗대가 드러난 어미 개가
무더운 여름날에 새끼에 젖 물리네
가마솥
찜통 더위에
쏟는 모정 애처롭다

강아지 딸린 어미 먹는 것이 부실했나
축 처진 뱃가죽을 흔들대며 어딜 갈까
불현듯
어머니 모습
눈앞에 서성이네

뜨거운 삼복더위 계속인데 바싹 말라 뼈만 앙상한 어미 개가 배가 고파
먹이를 찾으러 가는 것인지 축 늘어진 뱃가죽 젖꼭지들이 좌우로 덜렁
댄다.

나그네 인생

27년 날마다

힘들고 외로울 때 당신 모습 그려져요
설날 밤 꿈속에서 어머니 품 찾으려고
일찍이
잠 청했지만
만나지 못한 당신

한평생 나를 위해 모진 세월 사셨으니
당신과 헤어진 지 어느덧 27년
강산이
서너 번이나
바뀌고 있습니다

어머니께서 세상 떠나신 지 27년이다. 1992년 2월 10일 설을 쇤 지 엿
새만인 정월 초엿새 날이다. 기해년 설날을 맞으면서 2019년 2월 5일
에.

커피 한 잔

어제도 뜨고 지고 오늘도 뜨고지고
언제나 해와 달은 하는 일이 변함 없듯
오늘도 커피잔 들고 행복에 겨워하네

날마다 똑같은 일 오늘도 이어지니
오늘은 어제보다 좋은 일이 있으리라
한 잔의 커피잔 속에 내 모습 담고 있다

한낮을 견디기가 지루해 힘이 들 때
커피를 마시면서 새롭게 가담으니
지금 곧 해야 할 일이 차례차례 줄을 서네

몇 년 전까지만 해도 커피가 기호식품으로 자리 잡자 카페인은 인체에
해가 많다고 뜻있는 사람들은 주장했었다. 얼마 전부터 커피가 인체에
좋은 점이 더 많다고 권장하는 바람에 날마다 2잔 이상을 꼭꼭 마시는
나로선 날마다 행복하다.

나그네 인생

나그네
인생

02
고향

겨울밤

진진 밤 겨울밤에 잠 깨니 지루하다
눈 감고 있었더니 어릴 때 떠오르고
친구와 소꿉놀이가 어제처럼 생생하네

양지쪽 탱자나무 울타리 아래에는
바지락 껍데기에 밥과 국 담아 놓고
서방님 일하고 오면 사랑이 무르익네

냇물에 멱을 감고 동무들과 온 동네를
온종일 뛰다니며 갔다 왔다 놀았건만
창밖은 아직 깜깜해 언제쯤 날이 샐까

요즘 사람들은 밤 10시는 초저녁으로 알고 있다. 대부분 가정에서 자정
이 넘도록 TV를 보다 잠자리에 든다. 필자는 10시쯤이면 잠자리에 드
는데 한숨 자고 새벽 2시쯤 잠이 깨면 좀처럼 잠이 들지 않을 때가 있
다.

나그네 인생

겨울비 오는 날

겨울비 소곤소곤 봄비처럼 내리는데
창밖을 물끄러미 쳐다보고 있노라니
가을비 오는 날처럼 외롭고 쓸쓸하다

어느덧 내 고향을 떠나온 지 40여 년
빛난 꿈 금의환향 물거품 돼버리고
부모님 세상 떠나신 고향 집은 무너졌네

맘속엔 언젠가는 고향 품에 안기리라
예부터 바라던 꿈은 뜬구름 좇았으니
한평생 금의환향 꿈 개꿈 되고 말았구나

진주에는 눈이라고는 오지 않는다. 해마다 겨우내 눈 구경을 못 하고 보
낼 때가 많다. 겨울 가뭄이 계속되더니 오늘은 겨울비가 주룩주룩 내렸
다. 겨울비 오는 날도 가을비 오는 날 못지않게 고향이 그립다.

고사골

고사골 재 너머에 거름 짐 지고 올라
김매고 피 뽑으면 하루해가 금방이고
뻐꾸기 목놓아 울 때 집으로 돌아왔네

뜨거운 뙤약볕에 검게 탄 얼굴에는
굵은 땀 사이좋게 미끄럼 타고 놀때
소 몰고 집에 올 때는 콧노래 불렀다오

못 먹고 헐벗으며 어렵게 살던 시절
젊음을 불태웠던 그때가 그립구나
꿈꿨던 금의환향은 물거품이 되는 건가

미물인 여우도 나고 자라던 자리를 떠나 살다가 수구초심을 한다는데
20대 후반까지 살았던 고향을 잊을 수 있겠는가! 고향마을에 멋진 집을
짓고 마을 앞 건들논 몇 마지기라도 장만해서 살다 죽으리라는 꿈은 늘
있었다.

고향 설 대목 장날

초저녁 잠자다가 깰 듯 말듯 비몽사몽
코앞에 설날이라 장날 풍경 펼쳐지고
조그만
시골 장터에
많은 인파 북적인다

조용히 잠만 자는 불개미 집 건드렸나
온종일 왔다 갔다 야단법석 인산인해
그리운
어머니 찾아
헤매다 잠이 드네

내가 나고 자란 고향 순천시 황전면 소재지 괴목장날은 그때나 지금이
나 5일과 9일이었다. 초등학교 가까이에 시장이 열리고 있으므로 장터
에서 어머니를 만나기라도 한 날은 땡잡은 날이었다. 당시에 우물 안 개
구리였던 나는 고향 장터가 세상에서 사람들이 제일 많이 모여드는 곳
인 줄 알고 있었다. 특히 추석이나 설 대목 장날은 흡사 불개미 집이나
땅벌 집을 건드려 놓은 것처럼 장군들이 왁자지껄 이었으니 정신이 없
었다. 2018년 2월 16일 설날.

고향 여름밤 풍경

시원한 옹달샘에 어머니가 샘물 긷고
사카린 몇 알 풀은 단물 냉수 꿀꺽꿀꺽
세상에 이보다 좋은 음료가 있었던가

아침엔 꽁보리밥 점심때는 수제비로
저녁때 어머니 표 칼국수가 차려지면
행복한 가족 만찬이 오손도손 즐겁다

메케한 청솔연기 모락모락 오르면서
불청객 모기들을 꽁무니를 밀어내면
드디어 부모님께서 정담이 시작되고

덩달아 부채들이 밤늦도록 춤을 추면
멍석 위 삼 남매는 깊은 잠에 빠져들고
만담과 부채춤공연은 끝날 줄을 모르네

냉장고 에어컨도 선풍기도 없던 시절
아침에 눈을 뜨면 마당 아닌 방이었네
여름밤 고향 풍경이 사시사철 그립다

귀뚜라미 우는 밤

떠난 임 그리워서 밤새도록 우는 건지
나처럼 어머니가 보고 싶어 우는 걸까
가을밤 귀뚜라미가 애간장 다 녹이네

가을은 외로우며 쓸쓸한 계절인걸
밤새워 울어대는 그 심정 내 알겠네
눈 감고 날 세울 때가 한두 번 아니었지

그 누가 보고 싶어 밤새도록 우는 걸까
나처럼 고향 떠난 향수병에 걸렸나 봐
긴긴밤 새고 있건만 울음소리 구슬프다

귀뚜리 우는 심정 동병상련 아니던가
그립고 보고 싶은 그 마음은 내 알리라
덩달아 울고 싶은 맘 꾸역꾸역 솟구치네

귀뚜라미 우는 밤 한숨 자고 나면 잠은 오지 않고 외로움과 쓸쓸함도
엄습한다.

금의환향

어른 된 새끼연어 고향에 돌아올 때
뱃속에 수천수만 아들딸 함께하니
거룩한 금의환향에 머리가 숙여지네

떠났던 섬진강에 은어들도 귀향하고
여우도 고향 향해 수구초심 한다는데
나의 꿈 금의환향은 언제쯤 이뤄질까

내 고향 푸른 산천 섬진강가 마을에는
성공해 오겠다며 고향 떠난 친구들이
어디서 무얼 하는지 소식이 감감하다

미물인 물고기는 고향 찾아 온다는데
집 떠난 자식들은 귀향 못 해 안타깝다
노모는 아들 귀향을 손꼽다 눈을 감네

나그네 인생

대보름 추억(1)

긴꼬리 방패연이 드높은 하늘 향해
동산에 떠오르는 보름달 마중 가고
휘영청
밝은 달빛에
쥐불놀이 수놓는다

달집 불 훨훨 타면 두 손은 합장하고
둘레를 빙빙 돌며 소원을 빌었었지
옛날에
어렸던 시절
재미있는 추억이네

옛날 개구쟁이 때는 연날리기가 설날부터 대보름까지 이어졌다. 보름달
이 떠오를 때까지 연을 띄우다가 달집 불이 타오르면 연에 소원을 적어
태우기도 했다. 2019년 대보름날에.

대보름 추억(2)

아홉 번 찰밥 먹고 땔나무도 아홉 짐은
대보름 다가오면 이해 안 돼 궁금했지
옛날에 세시풍속은 어디서 잠을 잘까

보름날 아침이면 친구에게 더위 팔고
부럼을 안주 삼아 귀밝이술 주고받고
올해도 건강 하라며 덕담이 오고 갔네

오곡밥 나눠 먹고 온 동네 지신 밟고
편 나눠 줄다리기 덩더쿵 춤도 추고
온종일 즐거웠으니 세월 간들 잊을쏜가

올 정월 대보름도 작년 대보름도 전국이 떠들썩하게 보름 달맞이준비
하며 며 달집태우기며 오곡밥과 부럼을 준비하느라 재래시장이 대목을
누린다고 하지만 수십 년을 평일처럼 지내고 있다. 찰밥을 아홉 그릇 먹
고 땔나무를 아홉 짐을 했다는 말은 무슨 뜻인지 지금도 이해가 안 된
다. 2019년 정월 대보름.

박 타던 날

그 옛날 내가 살던 고향 집 지붕에는
큰아들 작은아들 십일 남매 거느리듯
둥근 박
올망졸망한
그때 풍경 그리워라

흥부네 박 타던 날 금은보화 쏟아지듯
설레는 마음으로 기대하며 톱질했지
해마다
박 타던 날은
온 가족이 행복했네

흥부네 박 타던 날처럼 금은보화가 쏟아지지 않았지만 온 가족이 행복했었다. 씨주머니를 들어내고 가마솥에 잘 삶아진 박속을 긁어내 된장에 무쳐 먹는 맛은 세월이 지난 지금도 잊을 수 없다. 그때 1년 중 올게심리하는 날과 추석날 그리고 박 타던 날은 햇고구마 옥수수, 햇밤, 돔부 등을 함께 삶았으니 배가 불러 터질 지경이었다.

보름달

초가집 지붕 위에 옹기종기 나뒹굴던
보름달 닮은 박을 쳐다보며 행복했던
그때가
내 인생 중에
황금기가 아니던가

흥부네 지붕처럼 하얀 박 식구들이
보름달 떠오르면 알궁둥이 까발린 채
가을밤
깊어가도록
숨바꼭질 즐겼었지

8월 한가위 때는 보름달만 익는 것이 아니고 지붕 위에 박들도 익는다.
밝은 보름달 빛에 반사된 박들이 하얗게 빛을 낸다.

나그네 인생

보릿고개 넘던 시절

올해도 어김없이 춘삼월 맞았는데
찔레꽃 활짝 피니 어머님이 그립구나
뻐꾸기 구슬피 우니 덩달아 울고 싶네

무 배추 장다리꽃 진달래가 피고 지고
찔레순 꺾어 먹고 삐비 뽑아 먹던 시절
온종일 먹어대지만 배부른 날 없었다

찔레꽃 아카시아 덩달아 피고 나면
뒷산에 뻐꾸기가 목놓아 울어대던
춘삼월 보릿고개를 넘던 때 그립구나

올해는 유난히 뻐꾸기가 울어대니 슬퍼진다. 그때는 먹을 것이라고는 산
과 들에 진달래와 찔레순 그리고 삐비뿐이었지만 먹어도 먹어도 배는
고팠었다.

정월 대보름

휘영청 대보름달 중천에 떠오르면
방패연 꼬랑지에 액운 적어 띄우는데
수백 년 한자리에 선 감나무가 울고 있다

수많은 세월 동안 같은 자리 지겹다며
산 높고 물 맑은 곳 구경하고 싶다 하며
방패연 긴 꼬랑지를 붙잡고 놓지 않네

여름에 대마가 가을엔 무·배추가 자라던 내 고향마을 앞으로 펼쳐진 밭은 수확이 끝나고 나면 개구쟁이들의 놀이터가 되었다. 그런가 하면 고향마을은 감나무가 많기로 예로부터 유명하다. 정월 보름날 밤에는 액운을 적어 띄워 보내는 연이 수백 년 묵은 감나무에 걸려 꼼짝달싹 못 한다. 해마다 정월 대보름을 치르고 나면 가오리연 방패연을 주렁주렁 매단 감나무들이 아직 세찬 바람이 싫은지 전봇대가 우는 것처럼 소리를 낸다. 떠나가겠다는 연을 붙잡고 세상 구경시켜달라고 붙잡고 늘어지는 것 같다.

추석날 밤

둥그런 밝은 달이 뒷동산에 떠오르고
별들이 반짝반짝 대낮처럼 밝은데도
어둠길
걷는 것처럼
내 맘은 캄캄하네

보름달 둥근달이 푸른 하늘 유영하고
수많은 별빛들은 무도장 기분인데
외롭고
쓸쓸한 맘을
누구에게 털어 놓까

육 남매가 하나둘 세상 다 떠나고 외조카 친조카들도 소식이 끊기니 가
도 가도 끝없는 드넓은 사막길에 혼자 걷는 기분을 떨칠 수 없다.

한가위

동산에 떠오르는 달맞이 하다 보니
내 고향 뒷동산에 놀던 때 그립구나
월아산 둥근달처럼 복스럽게 떠오를까

하늘에 반짝이는 별빛도 그대론데
일찍이 나고 자란 보금자리 흔적 없고
그리운 부모형제도 떠나고 안 계시니

즐거운 한가위 날 고향이 그리워도
아무도 없는 곳에 돌아가 무엇하리
벼르던 금의환향 꿈 물거품 돼버렸네

어느새 고향마을을 둘러싼 산들은 아름드리 나무숲이 우거져 있는가
하면 사방팔방으로 나 있던 산길은 흔적도 없이 사라져 버리고 없었다.
부모형제 떠나고 없는 곳에 가면 무엇하나 싶다가도 내 고향 그리움은
떨칠 수가 없고 시도 때도 없이 그리워지고 눈앞에 그려진다.

나그네
인생

03
계절

가을 산(1)

화가도 시인들도 가을 산을 말하기를
발갛게 불탄다고 이구동성 노래한다
온 산에
불이 났다고
그리며 쓰고 있네

단풍객 모두에게 단풍 색 물었더니
시인도 같은 대답 화가도 빨갛다네
노란색
떡갈나무와
은행잎은 서럽겠다

시인들뿐 아니라 화가들도 빨간 단풍그림을 도화지에 그리고 글쟁이도
가을 산이 불타고 있다며 쓰고 있다.

가을 산(2)

창조주 공력 들여 가꿔놓은 푸른 산에
그 누가 골짝마다 불을 질러 놓았을까
전국이
불타고 있어
어디부터 먼저 끌까

온 산이 붉게 타니 늦게야 보셨나 봐
가을비 내려보내 온종일 끄시다가
이제는
지치셨는지
불 끄기를 포기하네

우리나라는 사계절이 뚜렷하다. 봄, 여름, 가을, 겨울 계절마다 새롭게
옷을 바꿔 입는 모습을 즐길 수 있는 대한민국에 태어난 것을 감사하며
살아야겠다.

가을 설악산 풍경

드높은 기암괴석 뾰족뾰족 솟은 산에
목화솜 수확하던 천사들을 찾아가다
양 떼가 길 잃었나 봐 오도 가도 못 하네

천사가 겨울나기 솜이불 만들려고
하늘서 내려오다 대청봉에 걸렸나 봐
아직도 꼼짝 못 하니 이것 참 야단났다

설악산 골짜기는 발갛게 불타는데
길 잃은 양 떼들의 구조요청 받았나 봐
흰 구름 구조대원이 바쁘게 달려가네

_____

병신년 가을에 서울과 순천 진주에 떨어져 사는 고향 친구들이 설악산
등산을 했다. 울산바위에서 바라보는 설악산은 기암괴석과 단풍이 절경
이었다. 봉우리에는 하얀 뭉게구름이 걸려 있었다.

나그네 인생

겨울 나목

단풍객 맞으면서 하루하루 보내다가
재미난 이솝 얘기 다 듣지 못했는데
겨울이 벌써 왔다고 떼쓰며 윙윙 우네

그 누가 훔쳐 갔나 겨울나무 단벌옷을
초겨울 시작인데 삼동 추위 큰일이네
올겨울 더 춥다는데 견딜 수가 있을까

벚나무 느티나무 은행나무 가로수가
입은 옷 빼앗기고 벌벌 떠는 모습 보니
한겨울 어떻게 날까 겨울 나목 걱정되네

봄여름 초록 옷을 가을엔 색동옷을
비단옷 울긋불긋 입을 때 좋았었네
지난날 부귀영화는 일장춘몽 이었구나

몇 년 전부터 겨울 되면 추위가 엄습해 운신을 못 하니 겨울 나목처럼
노후건강을 대비하지 못한 것인가 싶다. 방 안에서 털신을 신고 내복을
껴입고 두꺼운 솜바지에 오리털 파카를 입고 있으면서도 벌벌 떨고 있
다.

겨울나무

여름엔 푸른 옷을 가을엔 비단옷을
철 따라 갈아입고 뽐내던 나무 옷을
그 누가 벗겨갔을까 알몸으로 떨고 있네

알몸이 되고 나서 올겨울도 우는 나목
겸손히 살겠다고 하나님께 비는가 봐
올해에 했던 기도를 내년에 또 할 건가

해마다 겨울 오면 비단옷을 발가벗고
되풀이 기도하면 하나님이 속는가 봐
해마다 새봄만 오면 새 옷을 준비하네

나무는 추운 겨울을 참고 견디면 새봄을 맞아 다시 새잎이 돋아나건만
사람은 한번 눈감으면 다시 눈을 뜨지 못한다.

나그네 인생

겨울나무 부럽구나

수백 년 벗고 입고 꽃피고 열매 맺고
겨울엔 모두 벗고 알몸으로 잠자다가
매년 봄 새 옷을 입는 겨울나무 부럽구나

뒷산에 나무들이 올해도 변함없이
고운 옷 비단옷을 아낌없이 내 벗는데
두꺼운 솜바지 입고 벌벌 떨며 살고 있네

사람은 길어봤자 백 년 살기 어려운데
수 백년 즐기면서 피고 지니 부럽구나
인생도 수천수만 년 피고 지면 좋잖을까

한 아름이 넘는 나무들은 웬만하면 수령이 1, 2백 년이 넘는 나무들이다. 용문산 은행나무는 수령이 1100살로 추정된다고 한다. 진주에 가로수 은행나무 잎들이 떨어지지 않고 버티다가 2, 3일 전부터 아침 기온이 영하 5, 6도로 내려가니 잎이 다 떨어졌다. 나목이 된 나무들은 봄이 오면 다시 꽃을 피우고 잎을 피우고 열매를 맺는데 나는 왜 이렇게 추울까나.

겨울비가 내리려나

겨울에 하얀 눈이 내려야 제격인데
궂은비 내리려나 팔다리가 저려오네
한겨울
비만 내리는
이유를 누가 알까

겨울엔 눈이 오고 여름엔 비 내려야
창조주 지은 세계 옳은 일 아니던가
어이해
진주 지역은
겨울에 비만 올까

진주지방은 겨울에 여간해서 눈이 내리지 않는다. 그리고 따뜻하다. 올 겨울은 예년보다 유난히 추운 날이 많아서 눈이 많이 내렸어야 맞다. 눈 대신 비만 내린다. 그러나 겨울 가뭄인지 눈도 비도 오지 않고 있다. 허리 협착증세로 팔다리가 저리다. 비라도 오는 날은 더 심하다.

겨울이 힘들다

젊을 때 여름 나긴 무더워 싫었지만
겨울엔 내 세상을 만난 듯 좋았었지
맨발에
맨손이지만
추운 줄 몰랐었다

추위가 엄습하니 시집살이 누이처럼
한겨울 보내기가 일 년처럼 지루한데
한사코
가는 세월은
물 찬 제비 같구나

베란다에 세탁기가 얼어서 오래도록 돌아가지 않았다. 내가 나가고 있는 교회 빌딩에는 배관이 얼어붙어 화장실 사용을 몇 주 째 못하고 있었다. 방 안에서 솜바지 오리털 잠바를 입고 털신과 두꺼운 양말을 신어도 발이 시리고 척추 협착증 때문에 올해도 발 시림은 겨울이 다 가도록 계속될 것 같다.

겨울 추위

해마다 찾아오는 겨울 추위 불청객은
두꺼운 솜바지에 저고리도 뚫고 오네
어느새
동장군들이
망나니 놀음 논다

날마다 살을 에는 겨울 추위 계속되니
안방에 앉았어도 손과 발이 시려오네
언제쯤
지긋지긋한
겨울 추위 면할까나

회갑 무렵에는 여름나기 겨울나기가 모두 힘들었지만, 요즘은 허리 협착
증 때문에 겨울나기가 여름보다 더 힘들다. 세월이 빠르기보다는 겨울
만 되면 지루하기만 하다.

나그네 인생

경칩

아이야 일어나라 오늘은 경칩이니
늦잠에 빠져 있는 개구리 잠 깨워라
새봄이
찾아왔다고
봄소식 전해주렴

아이야 보았느냐 겨울잠 깬 개구리가
연못에 개굴개굴 신혼살림 차렸구나
다 같이
축하의 노래
힘차게 불러주렴

이번 겨울은 유난히 춥고 길었다. 2018년 개구리 알은 예년보다 20여
일 늦게 발견되었다는 뉴스를 들었다. 미물인 개구리가 지혜를 발휘한
것이다.

금상첨화

새벽잠 설치면서 우유배달 하는 이가
돈 주고 살 수 없는 건강사고 돈도 벌듯
이것이
금상첨화라
꿩 먹고 알도 먹네

선학산 올랐더니 아카시아 향기 좋고
버선발 매단 채로 낭군인 양 반겨주네
등산길
꽃향기 속에
건강도 챙겼구나

엊그제 3일 날은 선학산에 아카시아가 아직 버선발로 만개하지는 않았
지만, 예년보다 빨리 피었다. 가는 날이 장날이라 하는 것처럼 바람이
세게 불어 꿀벌 군무를 보지 못했다. 오늘 다시 선학산에 올라서 꽃도
보고 향기도 맞고 등산으로 건강도 찾고 이야말로 금상첨화가 아닌가?

나그네 인생

꽃샘추위(1)

강물이 풀린다는 우수경칩 지나가고
겨울잠 깬 개구리 하품한 지 오래인데
낮술에
취해 날뛰는
망나니 닮았구나

며칠 전 입고 있던 내복을 벗었더니
때아닌 동장군이 횡포가 심하구나
내복을
입을까 말까
한참을 망설였다

추위가 완전히 물러갔나 싶어 며칠 전 내복을 벗었으나 바로 뒷날 다시
추위가 몰려왔다. 내복을 벗은 걸 후회하다가 그냥 버티다 다시 찾아 입
었다.

꽃샘추위(2)

불청객 동장군이 계절을 잊었더냐
이 나라 이 강산에 새봄 온 걸 모르는지
춘삼월
춘분 봄날에
뺑덕어미 짓을 하네

산수유 매화마을 축제 마당 열렸는데
심술 난 놀부처럼 미세먼지 동원해도
막 오른
축제 마당이
눈이나 깜박할까

_____

춘분 날 새벽까지 눈으로 내리더니 아침에 집 나설 때는 비와 섞인 진
눈깨비가 내리고 있다. 다행히 비와 섞여 내리는 바람에 길은 눈이 쌓이
지는 않지만 신발이 젖어 발이 시리다. 2018년 3월 21일 눈 내린 춘분
날.

나그네 인생

눈(雪)

전국이 눈이 펄펄 함박눈 내린다며
설레는 기분으로 소녀처럼 기뻐해도
눈 내린 촉석루 꿈은 올해도 개꿈일 듯

봄에는 꽃이 피고 가을엔 단풍들고
여름에 비가 오고 겨울엔 눈이 제격
어이해 진주지방은 한겨울에 비만 올까

전국에 시인들이 소년 소녀 추억 찾아
함박눈 주제 삼아 시 쓰고 즐기는데
따뜻한 남도 땅에는 눈 내릴 기미 없네

오늘은 전국에 눈이 오고 서울에 함박눈이 내린다며 눈을 주제로 한 시들을 올리고 있다. 진주가 고향인 시인이 진주에 눈이 내린다고 카톡을 보냈지만, 눈이 올 기미는 보이지 않고 비가 내릴 것 같은 날씨다.

담쟁이

가마솥 찜통 더위 두렵다 하지 않고
한여름 폭염에도 겁나지 않는다며
담장을 오르고 있는 담쟁이 끈기 보라

시멘트 벽돌 벽에 기대어 선 담쟁이가
더불어 사는 세상 서로 돕고 산다면서
누구도 홀로 서지는 못한다고 교훈 주네

양과 음 하늘과 땅 조화를 이루듯이
기댈 곳 있어야만 살아갈 수 있다 하니
세상엔 독불장군이 없단 말 알겠구나

세상에는 그 무엇도 독불장군은 없다. 살아있는 생물이나 무생물이나
모두 마찬가지다. 흔히들 시멘트벽을 기어오르는 담쟁이덩굴을 보고 생
명력이 강하다고 얘기한다. 그럴지만 오래된 담장도 담쟁이가 든든하게
붙들어 매주니 오래 버틴다고 보는가 보다. 담쟁이는 땅바닥을 기는 놈
은 없다. 하다못해 죽은 나뭇등걸이라도 기대어야 살아남을 수 있으니
말이다.

나그네 인생

동백(1)

낭군님 전사통보 원통해 토한 피가
눈 쌓인 마당 위에 선혈이 낭자하고
붉은 피
각혈 흔적이
지금도 선명하네

얼마나 사무치면 점점이 피 토할까
하늘에 올라가면 임 만나 품에 안겨
못다 한
사랑 이루고
천년만년 살고 지소

강진에 문학기행을 갔었다. 매화나 산수유 벚꽃이 아니라 어떤 꽃도 질
때는 원형으로 지지 않지만, 동백은 원형 그대로 백련사 마당 위에 떨어
져 있었다.

동백(2)

그날 밤 선죽교에 빨갛게 흘린 피를
수백 년 비바람도 씻어내지 않는구나
원한이
사무쳤었나
더 붉게 피어나네

임 향한 일편단심 한반도를 돌고 돌아
그날의 충정 어린 대쪽같은 포은 정신
거룩타
동백꽃으로
환생해 점점 붉네

개성 선죽교 위에 포은 정몽주가 흘린 핏자국이 수백 년이 흘러도 지워
지지 않고 있다는 전설이 내려오고 있다. 시인들은 그날 밤 흘린 핏자국
이 한이 되어 지워지지 않고 있으며 겨울에 전국에 피는 동백꽃이라고
인용하기도 한다.

나그네 인생

때 이른 벚꽃

작년에 왔던 손님 올해도 오셨다며
온 동네 싱글벙글 반갑게 맞이하니
놀부가
심술부리듯
꽃샘추위 몰고 오네

봄소식 들고 왔던 반가운 꽃 편지를
미처 다 읽기 전에 찬바람이 괴롭히니
피려던
꽃봉오리가
움츠리며 떨고 있다

───────────────

때 늦은 꽃샘바람 심술에도 우리 동네 아파트 상가 앞에 벚나무는 다른
데보다 일주일 정도는 앞에 피는 것 같다.

봄

지난해 함께 했던 불청객인 동장군이
경칩 날 다가오니 서서히 물러가네
겨우내
괴롭히더니
이제야 떠나간다

경칩 날 비가 오면 풍년이 온다지요
부모님이 일구셨던 재 너머 천수답에
봄 맞은
개구리들이
신혼 살림 차렸지요

개구리가 겨울잠을 깬다는 경칩이다. 내가 천수답 농사를 짓던 때는 봄
비가 그 해에 풍년과 흉년을 좌지우지했었다. 봄비로 천수답에 물이 고
이면 개구리 알이 여기저기 눈에 띄었다. 예로부터 경칩 날 비가 오면
풍년이 든다는 말이 전해 내려왔다.

나그네 인생

봄 꿈

어릴 때 어린이날 손꼽아 기다리듯
올해도 어버이날 영락없이 찾아오고
쌍둥이 손자 손녀가 눈앞에 서성이네

구 시월 날씨처럼 따뜻하고 청명하며
하늘에 구름 몇 점 화창한 날씨구나
어여쁜 강아지들과 꽃구경 떠나보리

춘삼월 꽃 소풍 땐 청명한 하늘보다
흰 구름 뭉게구름 두둥실 뜨면 좋지
김칫국 먼저 마셨나 개꿈을 꾸었구나

_____

우리 집 쌍둥이 강아지들인 손자 손녀가 열한 살 초등학교 4학년이다.
작년 어버이날은 삼겹살집에 초청하더니 올해는 카네이션 하나 들고 집
으로 찾아와 저녁 식사로 아쉬운 어버이날을 보냈으니 내가 바라던 봄
꿈은 코로나로 인해 이렇게 물거품이 되어버리고 말았다.

봄비

봄비가 오는 날은 사랑 꽃씨 심는다며
시인은 이구동성 노래하며 시 읊지만
나는 왜 봄비 오는 날 고독을 씹고 있나

쉼 없이 부슬부슬 소리 없이 오는 봄비
멍하니 바라보니 고향 생각 떠오르고
누이와 봉숭아 심던 옛날이 그립구나

봄비가 하루 종일 그칠 생각 않는구나
가을비 아닌데도 쓸쓸함이 엄습하네
멀고 먼 길 떠나가신 어머니가 보고파라

봄비 내리는 날은 꿈을 심고 꽃씨를 심는다 하고, 가을비 오는 날은 고
독을 씹으며 외롭고 쓸쓸해 한다고 시인들은 말한다.

불볕더위

수십 년 유례없는 불볕더위 계속이라
선풍기 돌아가도 비지땀은 굵어지고
더워서 못 살겠다고 푸념이 절로 나네

폭염에 왕매미도 음악회를 중단하고
더위는 싫다는 듯 모기떼도 조용하네
하찮은 미물이지만 모두 다 힘드나 봐

낮에는 불볕더위 밤에는 열대야에
기상청 경고문자 매일같이 겁주는데
거실에 잠자고 있는 에어컨은 언제 켤까

한여름 삼복더위 수은주는 오르는데
전기세 아끼려고 선풍기만 돌려대니
강 영감 하는 짓들이 바보짓 아니던가

비 오는 대보름(1)

한가위 보름날도 대보름날 저녁에도
임 봐야 뽕을 따듯 날 흐린데 달을 보랴
임 맞이
못하는 심정
뉘라서 알아줄까

휘영청 밝은 달이 동산에 떠오르면
달집 불 훨훨 타고 쥐불놀이 하던 때가
내 인생
전성기였던
그때로 가고 싶다

눈 내리는 대보름이라 전국 곳곳에서 달집태우기 축제가 열린다는 소식이 인터넷과 카톡에서 들어온다. 그러나 진주에는 아침 일찍부터 이슬비가 저녁까지 이어졌다. 나들이도 못 하고 귀밝이술이라는 이름으로 대낮부터 술판이 벌어졌다. 기해년 대보름날.

비 오는 대보름(2)

우수와 겹쳐오는 기해년 대보름날
온종일 비 왔으니 풍년들 징조이니
만물이
되살아나는
새봄이 머지않네

한가위 보름날은 맑아야 시절 좋듯
비 오는 대보름날 농심은 기쁘겠네
친구와
귀밝이술로
액 막음 해야겠다

우수절기 때맞춰 비가 내려야 땅속의 지하수가 땅 위로 흐르고 농민들
은 논에 물을 가둬 농사 준비를 한다. 올해 정월 대보름은 우수와 겹쳤
다. 온종일 내린 비 때문인지 달집태우기를 취소했다.

삼복더위

큰방을 작은 방울 의좋은 친구처럼
얼굴에 땀방울이 미끄럼 타고 논다
여름밤
깊어가도록
놀다가 가려나 봐

며칠째 불볕더위 낮과 밤 안 가리고
오늘도 아침부터 무더위가 시작이니
올여름 어떻게 사나 늙은이는 걱정이네

지루한 삼복더위 언제쯤 물러갈까
즐기는 모양새가 제 세상 되는 듯이
수은주
오르는 것을
즐기는 것 같구나

여름에 핀 국화

전국에 불볕더위 폭염경보 내린 판에
노란 꽃 피웠지만 반길 수가 없는 거지
지금이 어느 때인데 계절을 잊었구나

얼굴에 땀방울이 송알송알 구르는데
무더위 피하느라 돌연변이 쳐다보나
여름에 노란 꽃 피운 국화가 한심하네

된서리 맞지 않고 추위 고초 없었으니
여름에 피운 꽃을 국화라고 하겠는가
국향에 취해보려면 가을 돼야 제격이지

말복이 지났지만, 돌연변이 국화가 핀 걸 보았다. 길가에 피는 코스모스
는 자주 본다. 그런가 하면 민들레는 사계절 내내 핀다.

연꽃

질 좋은 화장품만 골라서 발랐을까
흐린 물 진흙탕서 활짝 핀 자태 곱다
젊을 때
마누라처럼
아름답기 그지없다

오염된 물속에서 아름답게 꽃 피우며
때 묻지 않게 하려 노심초사 했었으리
맘속에
품은 사랑도
아내처럼 고울 텐가

영산홍

시 쓰고 노래 읊는 글쟁이와 놀던 내가
꾀꼬리 황진이는 따를 수야 없다지만
영산홍 붉은 걸 보고 내 어찌 그냥 가랴

천하에 절세미인 못잖게 곱고 고아
영산홍 아름답기 양귀빈들 이만할까
친구와 *좋은데이는 금상첨화 아니던가

---

*좋은데이는 창원, 마산을 비롯한 서부 경남을 대표하는 소주임.

선학산을 오르다가 몇십 년은 묵은 듯 오래 자란 영산홍들이 너무 곱고
아름다워 페이스북에 올렸더니 친구가 자기도 구경하고 싶다며 댓글을
달았다. 그러나 며칠 후 친구와 다시 선학산에 올랐을 때는 화무십일홍
이라더니 정상 아래 드넓게 피어 있던 영산홍 꽃들이 지고 있었다.

오월(1)

나이에 얽매이고 주눅 들지 않을 테다
오월은 푸르구나! 우리들의 세계라며
어린이
노래하듯이
아이처럼 살 테다

늙으면 아이 된다 누군가 했던 말을
맘속에 되새기며 시름은 잊고 살며
해맑은
어린이처럼
사는 게 현명하지

5월은 가정의 달이라 부른다. 근로자의 날 어머니날 스승의 날 부부의
날 등 각종 날이 많다. 그러나 늙은이를 위한 할아버지 할머니 날은 정
해지지 않는 것은 왜일까?

나그네 인생

오월(2)

해마다 오월이면 그리운 당신 얼굴
올해도 어버이날 어머님 보고 싶어
애타게 불러보는데 메아리만 울립니다

보름달 둥근달도 날이 가면 기울지만
따뜻한 당신 사랑 세월 가도 식지 않은
영원히 꺼지지 않는 용광로와 같습니다

세월을 묵을수록 눈물도 많아지고
늙으면 아이 되듯 당신이 보고 싶고
해마다 오월이 오면 사무치게 그리워요

내게 5월은 참으로 뜻깊은 달이다. 부모님 두 분의 생신도 5월이고, 아버지께서 돌아가신 달도 5월이다. 세간에서는 보통 어버이날과 스승의 날을 비롯한 기념일이 몰려 있어 가정의 달이라 부른다. 세월을 묵고 나이를 먹을수록 어머니는 더 그립고 보고 싶다.

입춘대길(1)

심술 난 동장군과 불청객 코로나는
쌍둥이 형제였나 닮은 꼴 자매였나
어이해
입춘대길 날
재를 뿌려 대는가

설을 쇠고 나면 첫 번째 절기인 입춘이 온다. 봄이 온다는 말이지만 대
체로 매서운 추위가 이어지는 날이 많다.

나그네 인생

입춘대길(2)

입춘날 대문에다 춘첩자를 붙이는 건
오두막 초가집에 살다 보니 낯설었지
초라한
산지기 집에
비파 켜는 격이었네

가정에선 대문에 입춘대길(立春大吉), 건양다경(建陽多慶)이라 써 붙이
지만 옛날 고향마을은 대문이 아예 없거나 대부분 대나무나 싸리나무
로 엮은 사립문이었고 기둥은 사각기둥이 아니고 가느다란 원형 기둥
인 집이 많았었기에 입춘 첩은 눈에 익지 않아 오랫동안 낯설었다.

장미보다는 가을 국화

장미나 국화 모두 모양은 같더라만
가시가 돋아 있어 장미는 정이 없고
국화는
향이 좋아서
내 맘이 끌리더라

꽃 모양 고운 꽃이 좋은 꽃 아닐진대
꽃 중에 장미꽃이 계절의 여왕이라
아서라
그런 소리는
가을 국화 울고 간다

어떤 시인이 장미가 아름다워 꽃가지를 휘어잡고 코를 들이대 향을 즐
기려고 했더니 가시가 있더라고 노래했다.

장미꽃은 무취더라

빨간 꽃 언제 봐도 웅장하고 아름다워
꽃 중의 여왕이라 그런 말이 무색하네
가까이 다가갔더니 가시가 찌르더라

가신지 삼십여 년 어머니가 그리워서
그윽한 품속 체취 맡으려 했었는데
모정을 느낄 수 없고 냄새도 별로더라

모처럼 내린 단비 배불리 마시더니
땅으로 꽃봉오리 처박게 생겼더라
빗물은 조금만 먹고 차라리 잠을 자지

5·18 영혼들을 위로하는 비인지 연거푸 사흘 동안 월요일까지 가느다
란 비가 내렸다. 봉오리 큰 꽃들이 물기를 머금어 무게를 지탱하지 못하
고 아래로 축 늘어진 장미들이 땅에 처박힐 것 같았다. 머금은 빗물을
털어내 주면서 향기가 있는지 맡아 보았더니 아무 냄새가 나지 않았다.

장미를 보면

빨간 꽃 쳐다보니 어머니가 그려지네
어릴 때 파고들던 따뜻한 젖가슴이
애타게 그리워지고 사무치게 보고 싶네

쑥 내민 꽃망울은 빨간 칠한 입술처럼
젊을 때 아름답던 아내 얼굴 본 듯하네
그대는 오월의 여왕 꽃 중의 꽃이로다

솔바람 타고 오며 그윽한 향기 품는
찔레꽃 당신 같은 짙은 향은 없다지만
내 맘속 깊은 데까지 간직하게 하는구나

4월이 가기 바쁘게 주택가 담장과 아파트 담장마다 흐드러지게 피기 시
작한 빨간 덩굴장미를 보다 보니 향 짙은 하얀 찔레꽃처럼 살다 가신
어머니가 그립다.

나그네 인생

첫눈 소식

전국에 첫눈 소식 앞다투어 전하는데
진주엔 옅은 구름 한가롭게 유영하네
비보다
눈이 내려야
순리가 아니던가

여수와 제주에도 땅끝마을 해남에도
첫눈이 왔다는데 진주에만 비켜 가네
인간이
하늘의 뜻을
어떻게 알 것인가

진주는 참 희한한 도시라고 눈 대신 비가 내린다고 모두 이구동성이다.
작년에는 3월 27일 춘분 날에 진눈깨비가 내리고는 몇 년째 눈을 못 본
것 같았다. 진주에는 눈이 오지 않는다고 중얼거리는 소리를 아내가 듣
고는 무슨 소리냐고 눈이 오면 요양보호사들이 어떻게 돌아다니느냐고
핀잔만 들었다.

04
사회

가난한 문학인(1)

문학계 축제 마당 금일봉 찬조하면
큰 상은 독차지니 서글픈 세상이네
이 세상 모든 만사가 돈이면 장땡인가

기나긴 낮과 밤을 심혈 다해 썼던 소설
세상 빛 보지 못해 썩게 되니 속상하네
돈 없는 가난뱅이는 문학 하기 힘들구나

사람은 한양에서 소나 말은 제주도서
꿈나래 펼치기는 격이 맞다 하잖던가
바랬던 청사진들이 개꿈 되고 말았구나

문학계에서 각종 문학상을 수여 받지 못하고 무명이라는 이유로 몇 년
동안 낮이나 밤이나 잠자는 시간만 빼고 쓴 대하 장편소설을 내로라하
는 출판사에서 기획출판을 거절했다. 300페이지 기준 14권 분량을 썼
으나 권수가 많아 출판비가 많이 든다며 선배가 충고한다. 그래서 내용
을 잘라내기도 하고 권당 페이지를 늘리고 권수는 줄여 9권으로 자비
출판을 하려 하니 몇천만 원이 있어야 한단다.

나그네 인생

가난한 문학인(2)

술잔을 앞에 놓고 풍악을 즐기면서
내로라 문학인들 시 쓰고 소설 쓸 때
덜 자란 햇병아리는 변두리 서성인다

소설가 시인들이 노는 곳 다가가면
돈 없고 못났다며 모두 다 본체만체
가까이 가지 못하고 멍하니 바라보네

문학인 노는 곳엔 돈 있어야 가는지라
가난한 문학인은 변방만 돌고 있네
가련한 글쟁이 신세 언제쯤 면할까나

돈 없고 가난하면 문학도 못 하다니
흙수저 들고 온 놈 슬프고 서럽구나
오호라 개 같은 세상 술이나 마실 테다

교회에 50년 가까이 나가면서 느꼈다. 하나님께서는 가난한 자와 어린
이와 병든 자, 죄인을 더 사랑한다지만 이와 다르게 교회는 돈 많은 부
자를 좋아한다. 하긴 문학도 마찬가지다. 지방에 살며 커피값이나 찬조
금 내지 못하는 문학인은 문학단체서 거들떠보지 않는다.

가야 할 길

이 몸이 왔던 길을 돌아서 보았더니
굽이진 오르막길 험한 길 걸어왔네
앞으로 가야 할 길은 어떤 길 펼쳐질까

끝없이 이어지는 험난한 길뿐이니
얼마나 걸어가야 좋은 길 나오려나
나는 왜 걷는 길마다 이토록 힘이 들까

가쁜 숨 몰아쉬다 남은 길 쳐다보니
눈앞에 보이는 건 비탈진 가시밭길
심신이 지쳐 가는데 언제쯤 편히 쉴까

초등학교 때 꿈인 글쓰기를 깜박하고 살다 이제야 바쁘다. 몇 년 동안
정신없이 써놓은 것들을 들여다봤더니 글다운 글이 아니다. 고치고 빼
고 집어넣고 퇴고, 탈고하기가 이렇게 힘든 줄 몰랐다. 뒤늦게 아버지에
게 들은 말씀이 떠오른다. 낡은 집수리하기가 더 어렵다. 차라리 뜯어
버리고 새로 짓는 것이 편하다는 그 말씀을 비로소 실감한다.

간 큰 도둑

서당 개 삼 년이면 풍월을 읊는다 해
문객들 놀음판을 어깨너머 훔쳐보다
뒤늦게
깨달은 글귀
읽고 쓰기 재미있다

내로라 터줏대감 한량이 하는 놀이
뱁새가 황새걸음 걸을 수 없잖은가
겁 없이
엿보려다가
경 맞을까 걱정이네

목구멍이 포도청이라더니 결혼하고 자식 낳고 키우며 먹고살다 보니 환갑이 훨씬 넘어버린 나이에 초등학교 때 꿈을 깨닫고 늦게 사 글 쓰는 재미에 빠졌다. 얼마 전부터는 명색이 시조를 쓴다고 하고 있으니 더 바쁘다.

감사하는 생활

눈뜨면 창문 열고 맑은 공기 들이쉬니
기분이 좋아지고 내 마음은 통쾌 상쾌
값없이
주신 은혜를
마음껏 만끽하네

숨 쉬고 듣고 보고 먹고 자고 하는 것을
값없이 얻었으니 이보다 더 좋을쏜가
하늘에
감사하면서
오늘도 시작하리

공기와 햇빛, 물, 오곡백과, 이런 것들을 하느님께서 허락지 않으면 어떻게 되는지 꼼꼼히 챙겨보지 않고 우리는 살고 있다.

경천자(敬天者)

두 갈래 갈림길 중 넓은 길 가지 말고
조물주 창조하신 좁은 길 가야 하네
계명을
따르는 자가
하늘 복 누린다지

하늘이 하는 일은 인간은 불가항력
그의 뜻 거스르면 명대로 살지 못해
묵묵히
좁은 길 걸어
복 받고 살자구나

운명은 인간이 맘대로 고치고 선택하는 것이 아니란다. 생사화복도 사람이 선택하는 것이 아니라고 생전에 아버지가 자주 말씀하셨다. 좋아하는 술을 끊고 모은 돈으로 논을 샀더니 홍수가 나서 떠내려 가버리고, 담배 끊어 송아지를 샀더니 호랑이가 물고 가더라는 얘기도 자주 들었다.

고래 싸움

고래가 싸우는 곳 새우야 가지 마라
괜스레 싸움 구경 가깝게 했다가는
튀는 침
파편 조각에
낭패 볼까 하노라

2018년 5월 23일 남북 정상이 판문점에서 악수하던 때가 불과 얼마 지나지 않았는데 한미연합훈련을 하며 중국과 미국의 눈치를 살펴야 하는 처지라니 앞날이 어둡기만 하다. 남과 북이 이들 강대국 눈치를 보지 않고, 이들 영향력에서 벗어나 언제쯤이나 자유로울 수 있을까.

나그네 인생

공수래공수거(1)

수천억 가진 재산 쓰지 않고 쌓아두며
모자라 배고프다 불평불만 웬 말이냐
이 나라
대통령직을
누리면 성이 찰까

인간은 누구든지 공수래요 공수거라
한평생 보고 듣고 살면서도 모른 바보
구렁이 알 같은 돈이 아까워 어찌 죽나

베풀고 나누면서 이웃을 내 몸처럼
세상사 인간답게 살아야 마땅한데
하늘 뜻
거스르고도
제명을 다 누릴까

전직 대통령과 그의 형제들의 재산이 수천억대다. 80이 넘은 사람이 휠
체어를 타고 검찰에 출두하는 것도 봤다.

공수래공수거(2)

누구나 태어나고 죽는 것은 철칙이니
생사는 재천이라 내 맘대로 할 수 있나
하늘 뜻
깨닫고 살면
맘 편케 사는 것을

금과 은 돈과 재물 창고 가득 쌓아놔도
오늘 밤 하나님이 당신 목숨 걷는다면
재물은
뉘 것이 될까
어리석은 자구나

참 희한한 일이 벌어졌다. 국민이 다 알고 있는 황금알을 낳는 회사가
자기 것이 아니라고 극구 부인하는 전직 대통령이 있다.

나그네 인생

깨달음

잘 익은 벼 이삭이 아래만 바라보고
하늘을 보지 않는 이유를 알겠구나
뒤늦게
깨닫고 나니
이렇게 편한 것을

잘난 체 부자인 체 교만했던 지난 세월
버려야 하는 것을 뒤늦게 깨달았네
비워진
내 그릇 안에
하나하나 새로 담네

"황새가 뱁새걸음을 따라 걸으면 가랑이가 찢어진다." 우리나라 속담이
지만 아버지께서 나에게 분수 맞게 살아야 한다고 늘 말씀해 주신 말이
기도 하다. 집 앞에 높은 감나무에 홍시 따 먹으러 올라가는 나에게 "원
숭이 흉내를 내려다가 땅에 떨어진다."는 말씀도 자주 하셨다.

깨진 평화

핵 폭격 비행기를 하늘에 띄웠으니
선잠 깬 아기에게 뺨 때린 격이라나
물고 튼
남북대화는
깨진 평화 되는 건가

북측에서는 핵을 보유했으면서 자기들만 압력받고 있다고 생각하는 모양이다. 4·27 판문점회담 때 양측이 적대행위를 금지하기로 합의한 지가 20일도 안 된 시점에 F22 핵 폭격기를 8대나 동원하고 맥스선더 훈련을 하는 것에 불만을 품은 북에서는 어제 남북 고위급회담을 무기 연기하며 북미회담도 마찬가지로 연기한다고 발표했다.

나그네 인생

꼴찌 삶

일등만 하는 삶은 얼마나 힘이 들까
꼴찌 삶 하는 것도 이렇게 힘 드는데
뒤에서 어정쩡하게 사니깐 편하구나

오르지 못할 나무 쳐다보지 말았어야
허황한 나의 꿈이 오랫동안 목조였네
일찍이 맘 비웠으면 맘고생 없었을걸

욕심이 죄를 낳고 죽음에 이른다고
성경이 주신 교훈 깨달으니 살만하다
야고보 사도 말씀이 귓가에 맴을 도네

남들이 시와 시조를 짓고 수필을 쓰고 소설을 쓰는 것을 나도 용을 쓰
며 따라 했더니 무척 힘들다. 뒤따라 가면 편안할 텐데…….

논개

왜장을 끌어안고 꽃잎처럼 낙화하러
의암에 올랐을 때 임의 얼굴 보였을 터
거룩한
임의 절개는
만세의 표상이리

나라에 충성하고 임에겐 일편단심
이 세상 끝날까지 영원히 남게 되리
후세에
사는 이에게
본 되게 하시었네

나그네 인생

누가 더 나쁠까

수백억 많은 재산 소유한 대통령들
시험에 빠졌을까 악귀에 쐈댔을까
냄새 난 부정한 돈을 삼키면 배탈 나지

미혼인 대통령이 자식 있나 부모 있나
죽을 때 금은보화 아무 필요 없는 것을
국민 뜻 짓밟아버린 죗값을 치러야지

이명박 직계가족 사촌 팔촌 수백억대
땅속서 솟아났나 하늘에서 떨어졌나
가난한 서민 백성은 부아나 살 수 있나

맹박이 더 나쁘냐 박꾸네가 더 나쁘냐
방송에 패널들이 흥분하며 토론하고
둘 중에 누가 나쁠까 답하기 어렵다네

독도를 넘보지 마라

오천 년 백의민족 배달의 피 이어받아
대대로 오손도손 평화롭게 살던 우리
날뛰던 늑대들에게 이 나라 짓밟혔다

한반도 초토화한 섬나라에 왜구들이
임진란 지은 죄를 회개한 줄 알았다가
삼천리 금수강산을 통째로 빼앗겼다

수십 년 긴 세월을 압박과 설움 받다
독도에 밝은 태양 비춘 지가 얼마인데
또다시 자기 땅이라 붉은 야욕 드러내냐

독도를 사수하는 수많은 갈매기가
네놈들 머리 위에 배설물로 공격하리
사악한 망나니들아 경고한다 회개하라

나그네 인생

돈의 위력

돈이면 목숨 사고 세상 모두 살 수 있어
모이면 하는 얘기 목소리 모두 같고
마술사 아저씨처럼 무엇이나 만든다네

국민 뜻 무시하는 재벌은 유전무죄
그놈의 돈의 위력 참으로 대단하네
민초는 호화 독방을 꿈이나 꾸겠는가

돈의 힘 권력으로 높은 자리 오른 한량
탈세에 위장전입 가짜 이력 화려하네
담장 밖 나오는 날에 하늘을 어찌 볼까

문학단체에서 수여하는 작가상이니 문학상이니 상들이 많지만 가난한
문학인은 꿈도 꾸지 말아야 한다. 돈이면 무엇이나 하고 싶은 대로 다
하며 목숨까지도 더 늘려 살 수 있는 세상이다. 돈의 위력이 아무리 세
다 해도 하늘 뜻을 거스르면 하나님께서 그대로 두고 볼 것인가?

따로국밥

삼일절 기념식을 남북이 따로따로
팔일오 광복절도 따로국밥 차렸으니
조그만 집에 살면서 합쳐 살면 좋잖을까

남쪽은 태극기가 북에는 인공기가
같은 피 받은 형제 사는 꼴 한심하네
이 나라 금수강산에 같은 국기 언제 걸까

강산이 십 년이면 몰라보게 변하는데
남북이 두 집 살림 차린 지 오래라서
칠십 년 보지 못했던 부모형제 얼굴 알까

이른 시일 안에 남쪽 답방을 하겠다던 김정은 위원장이 2018년을 넘기고 2019년도 벌써 2월이 다 갔다. 트럼프 대통령과 김정은이 베트남에서 갖는 회담이 어떻게 될지 궁금하다. 언젠가 통일이 이루어지면 국기는 태극기를 걸어야 하지 않을까?

나그네 인생

문학 마당

문학에 문외한이 뒤늦게 글 쓴다고
날마다 읽고 쓰며 짜내고 용을 써도
세상에 인정받기는 하늘의 별 따기네

훌륭한 문학인이 이 땅에 많고 많아
모두 다 편안하게 시 쓰고 읊는 자리
젖먹던 힘 써보지만 점점 더 멀어지네

경제와 문화예술 스포츠 축제 마당
서울서 한량들만 즐기는 잔치이니
강 건너 불구경이니 부아가 나는구나

날마다 읽고 쓰고 수년 동안 매달리고
발 벗고 뛰어가도 앞선 이들 못 따라가
차라리 친구 불러내 술이나 마시려네

진주라 천릿길 지방에 살고 있으므로 서울에서 열리는 각종 문학모임에
참석하라며 사흘이 멀다 하게 초대공문이 오지만 가지 못할 입장이다.
어쩌다 한번 참석해 보면 자기들만 북치고 꽹과리 치고 노는 모습을 보
고 부아만 치솟는다.

문학 모임에 가지 못해

잘 나지 못한 데다 쥐뿔도 없는 놈이
한량이 즐기는 곳 꼽사리 끼려 했네
돈깨나 있어야 하지 아무나 갈 수 있나

서울에 잔치마당 사흘 거리 열리는데
일찍이 초대받은 축제장에 가지 않네
시 짓고 글 쓰는 곳에 언감생심 해야 편타

가방끈 짤막하고 주머니 얄팍한데
큰 사람 앉은자리 기웃거려 무엇하나
아서라 찬물 마시고 입맛이나 다시련다

몇 년 전에 우리나라 양대산맥인 내로라하는 시조 단체에 등단했었다.
진주에는 필자 혼자였다. 그 뒤 나와 친한 두 사람을 소개해 등단케 하
고 3명이 활동하기 시작했다. 그런데 어느 날 나도 모르게 진주지부를
창설한다는 소식을 들었다. 이미 지부장까지 다른 사람을 선정해놓고
말이다. 심한 배신감에 맘이 편치 않았다. 문학도 돈 없고 학연, 지연,
그리고 빽 없으면 멀리 떨어져 뒷짐 진 채 구경이나 하고 있어야 맘 편
타.

나그네 인생

살만한 세상

땅 위에 사람들이 수없이 많고 많아
나보다 우월하고 열등의식 느껴졌고
내가 멘 가방끈보다 길게만 보였었지

세상사 겪다 보면 길고 짧은 일도 많다
눈 귀로 보고 듣고 흘렀어야 맘 편했다
애당초 오르지 못할 나무지 않았던가

남의 집 잔치마당 괜스레 배 아팠고
세상 탓 많이 하고 나락에 빠졌었지
그러나 비우고 살면 살만한 세상이네

한국예술인복지재단에서 몇 차례에 걸쳐 예술인 활동 지원금을 받았으나 지방에 있는 경남문화예술진흥원과 같은 단체서는 벌써 몇 년을 출판비 지원 신청했다가 미끄러졌다. 2022년도 선정 지원받은 사람들을 보니 지방에선 콧방귀깨나 뀌는 문학 단체장들이었다. 수십 권 분량의 원고를 써 놓고 돈이 없어 책을 내지 못하는 문학인은 나락으로 떨어지는 기분이다. 그렇지만 옛날엔 한없이 높게만 느껴지던 사람들이 이제는 같이 늙어가고 나와 다름없이 보인다. 절대로 의기소침하지 않을 테다.

삼일절 100주년

기미년 삼월 일일 만세로 뿌린 씨앗
마침내 열매 맺어 해방 맞은 우리나라
남과 북
통일 조국은
언제쯤 이뤄질까

백 년 전 선열들의 대한독립 만세 소리
우렁찬 함성으로 귓전에 들리는데
한반도
금수강산이
허리 잘려 부끄럽네

올해는 100주년 되는 해라 의미 깊은 삼일절이다. 오래전 선열들의 고
귀한 희생정신이 해방의 밑거름이 되었다. 그러나 해방의 기쁨도 잠시
뿐 신탁은 죽어도 안 된다며 반대했지만, 국민 뜻은 반영되지 않았고 결
국은 한반도가 두 동강 난 지도 어언 70년이 지났다.

나그네 인생

삼일절에 부쳐

파고다 공원에서 민족대표 서른세 분
기미년 이팔 선언 큰 목소리 우렁찼고
뜨거운 만세 횃불이 하늘까지 타올랐다

춘삼월 초하루 날 삼천만이 지른 함성
이 땅에 방방곡곡 삼천리가 들썩들썩
전국에 메아리치니 하늘에서 들으셨다

여호와 백성들이 한목소리 질러대니
철옹성 여리고 성 무너지고 파괴되듯
섬나라 늑대들 굴이 견딜 수 있겠는가

또다시 뜨거웠던 벼락불이 내릴 텐데
하늘서 내린 천벌 닭띠 해를 잊었던가
지난날 저지른 죄를 엎드려 회개하라

승전고

새벽잠 설치면서 두 손 모아 보낸 응원
큰 힘이 되었는지 숙적 일본 물리쳤다
삼천리 금수강산이 잔칫집 분위기네

한반도 강제점령 억울했던 노예 생활
그들에게 당한 고초 보상받지 못했지만
스포츠 문화예술로 꺾어서 즐겁구나

대한에 아들들이 온 국민 바람대로
8강에 우뚝 서서 태극기 펄럭이고
앙숙인 일본을 꺾은 승전고가 감동 주네

폴란드에서 열린 2019 FIFA 20세 월드컵에서 16강에 오른 우리나라가
6월 5일 새벽에 한일전에서 오세훈의 결승 골로 말미암아 8강에 올랐
다. 새벽잠을 설치며 맘 졸이고 응원을 보냈더니 우리 선수들이 감동케
했다. 이렇게 좋을 수가……

얄미운 놈들

맑게 갠 봄날이라 꽃 나들이 나섰는데
어디서 날아오나 난데없는 놀부 바람
대륙서
미세먼지를
대동하고 쫓아오네

춘삼월 새봄이라 꽃향기 가득한데
하늘엔 구름 가득 뺑덕어멈 심술이네
모처럼
날 잡았는데
아내에게 미안쿠나

역세권

남들은 논밭 사고 새집도 잘 짓는데
무너진 오두막집 다시 짓지 못했으니
아 나는 높은 집에서 하늬바람 언제 맞나

역세권 길목마다 우뚝 선 아파트 숲
드높이 하늘 향한 마천루 모습 보니
부아가 치밀어올라 뱃속이 편치 않네

사촌이 논밭 사도 마냥 좋지 않다던데
인간이 시기 질투 없는 이가 어디 있나
위대한 성인군자도 뭇사람과 별다를까

진주 혁신도시와 인근에 새로 들어선 진주역 주변 역세권 지역에 고급
아파트 숲들이 마천루처럼 들어서 있지만 저런 새집에서 살아보지 못해
부럽다.

나그네 인생

유등

의암서 낙화했던 십지에 낀 가락지 꽃
환생한 논개 부인 홀로 나는 물새처럼
계사년
한을 전하러
강 따라 떠나가네

임진년 한을 품은 남강물은 그때처럼
금수나 다름없는 왜놈들을 꾸짖으러
용감한 유등 군단을 끌어안고 흘러간다

의암서 장렬하게 몸 던진 논개 혼이
유등에 올라타고 사랑한 임을 찾아
울면서
떠나가던 날
그때처럼 가고 있네

의암

남강 물 푸른 물은 예나 지금 변함없이
그때의 혼을 담아 푸르기는 그대로고
의암은
외롭게 서서
옛 임을 기다리네

진주성 촉석루를 지나가는 남강물은
의암을 돌고 돌아 숙연하게 예 표하고
그때의
사연을 싣고
묵묵히 흘러가네

나그네 인생

의령 찬가

남강과 낙동강이 아우르는 의령고을
관문에 들어서면 그 이름이 말해주듯
내 맘이
포근하면서
편안함 그지없다

경남의 중심부에 충절의 땅 의령에는
자굴산 한우산이 사천왕상 형상으로
든든한 수호신처럼 의령군민 지킨다

백마 탄 홍의 장군 천하를 호령하던
충익공 그때 흔적 곳곳에 묻어 있어
역사와
충절의 고장
영원토록 빛나리

이산가족

부모와 형제자매 생이별한 칠십여 년
남과 북 이산가족 한 품은 채 눈을 감는
어쩌다
이런 비극을
겪으며 사는 걸까

남과 북 허리 잘려 한 품고 사는 동안
눈뜨고 죽은 사람 셀 수가 없을 거야
세상에 이런 비극이 어디에 있단 말가

이번에 맞잡은 손 이제는 풀면 안 돼
지난날 앙금들은 강물에 씻고 버려
피 나눈
형제인 것을
가슴 깊이 새겨야해

─────────────────

남북 정상이 맞손 잡았으니 2018년 4월 27일은 역사적인 날이지 않을
수 없다.

나그네 인생

일두 찬가(1)

날 가고 달도 가고 해가 지난 오랜 세월
대 이은 곧은 절개 오래도록 이어받고
크신 뜻
다 버리시고
청렴한 삶 사셨네

키 크신 일두 선생 아래로 낮추시고
미물인 좀벌레로 한 많은 삶 살다 가신
그 이름 백옥 선생은 후세에 본이 되네

수천 년 이어받은 세한 고절 곧은 성품
몽매한 무오사화 갑자사화 겪었으나
고택 터
소나무처럼
만세에 표상되리

일두 찬가(2)

군주는 고삐 풀린 수소처럼 설쳐대도
시강원 맡은 직책 다하지 못했다고
일두라
낮추신 큰 뜻
길이길이 전해지리

토질이 좋은 밭에 왕대 난다 하였듯이
함양 땅 개평리에 대 이은 큰 대나무
미물인 좀 벌레처럼 크신 뜻 감추었네

일두라 이름 짓고 자신을 좀벌레로
한없이 낮추시고 겸양 미덕 펼쳤으니
뉘라서
모른 체하며
존경하지 않을 건가

나그네 인생

천강 장군

벗들과 시 읊으며 천일주 마시면서
망우정 마루에서 흰 구름 쳐다보며
부귀를
꿈꾸는 자를
가소롭다 하셨을 터

자굴산 그림자가 기강에 드리우면
그 풍경 즐기시며 시 한 수 읊으시고
입안에
잣을 깨시며
신선처럼 지내셨다

코로나(1)

칠순이 내일모레 한발 한발 다가온 데
불청객 저승사자 낮과 밤을 안 가리니
날마다
입을 봉하고
숨도 크게 못 쉬네

이태 전 이 나라에 쳐들어온 도적놈이
쉼 없이 지금까지 막무가내 설쳤으니
지칠 때 되었을 텐데 아직도 왕성하네

코와 입 막고 사니 숨쉬기도 불편해서
질식사 할 것 같아 이구동성 소리친다
이제는
망나니 놀음
그칠 때 되잖았나

코로나(2)

백 년 전 이 나라에 유럽서 온 괴질 독감
공포에 빠뜨리고 떠나갔다 들었건만
변이된 돌연변이로 돌아와 겁을 주네

불청객 설쳐대니 부모형제 걱정일 때
백마 탄 왕자님이 혜성같이 나타나서
저 멀리 쫓아주기를 간절히 염원하네

힘 약한 노인 많은 이 나라 어떡하나
날 가고 세월 가도 그 기세가 안 꺾이니
도적놈 쫓아줄 이가 이 나라에 언제 올까

일본강점기 때인 1918년 전 세계를 공포에 몰아넣은 스페인 독감은 전
세계에서 5천만 명이 죽었다고 한다. 그때 우리나라도 인구의 38%가
감염되었고 14만 명이 사망했다고 한다.

코로나(3)

이태 전 이 나라에 불청객 코로나가
나라가 제 것인 양 세상을 호령하니
큰 죄를 지은 것처럼 기죽어 사는구나

한겨울 세찬 바람 부는 것도 아닐진대
목감기 코감기도 걸리지 않았건만
무더위 한창인데도 마스크 해야 하네

온몸에 땀이 뻘뻘 올여름 어찌 사나
연산군 신언패는 목에다 걸었거늘
코와 입 막아버리니 숨쉬기도 불편하네

폭군 연산군은 신하들에게 신언패를 만들어 목에 걸게 했다. 궁궐에서
말을 하지 못하게 했었으나 입과 코는 막지 않았었다.

나그네 인생

코로나 재앙

땅 위에 모든 나라 인터넷이 연결되고
정보를 주고받고 사는 세상 되었는데
코로나
바이러스에
쩔쩔매고 있구나

한여름 더위 속에 코와 입 막았더니
조금만 움직여도 온몸에 땀이 뻘뻘
마스크
벗고 살던 때
그때가 그립구나

큰 손님

4·27 정상회담 판문점서 열리던 날
두 나라 하나 되어 통일하자 말하더니
똥 누러 갔다 오더니 어느새 맘 변했네

남북한 두 정상이 삼팔선을 왔다 갔다
한마음 한뜻으로 정상회담 열자더니
인심은 조석변이라 한 그 말 알겠구나

북쪽에 큰 손님이 올 것처럼 했던 터라
날마다 학수고대 오늘 올까 내일 올까
큰손님 기다리다가 일손이 안 잡히네

人心朝夕變(인심조석변) 山色古今同(산색고금동)은 필자가 어린 시절
서당 공부할 때 추구 집에서 익혔던 글귀다. 남쪽 정상이 방문하면 열렬
히 환영했다. 이를 보는 국민은 금방이라도 남북통일이 이루어질 것 같
아 설렜었다. 김정은 위원장은 남쪽을 방문할 것처럼 해놓고, 깜깜무소
식이다.

나그네 인생

파리

밥상만 차려지면 어김없이 오는 놈을
손바람 일으켜서 쫓아 날려 보냈더니
공중을 빙빙 돌다가 또다시 날아온다

불청객 그 녀석은 어떻게 알았을까
평소에 조용하다 식사 때만 날아오니
즐거운 식사시간을 귀신처럼 알아챈다

한 식구 가족인 양 밥상 위 앉았으니
초대장 전달받은 손님 행세 얄밉구나
파리채 휘두르지 못해 손사래만 해댄다

고놈 참 영리하고 재빠른 놈이구나
식사 때 시간 맞춰 정확히 찾아와서
잘 구운 전어구이를 제 것인 양 시식하네

프로야구 선수

연봉을 수억 받는 내로라는 선수들이
강속구 높낮은 공 분간하지 못해선지
허공에 치솟는 볼에 방망이가 춤추네

좌우로 빠지는 볼 방망이질 참아야지
허황된 홈런왕 꿈 버렸으면 좋으련만
짜릿한 손맛을 찾아 홈런왕 꿈을 꾸나

휘두른 방망이를 겁을 내지 않는구나
싸움닭 본받아서 정면승부 용감하다
다윗과 골리앗 장군 싸움을 본 듯하네

2019년 어버이날은 메이저 야구 LA다저스에서 뛰는 류현진으로선 역사적인 날이다. 93구를 던지면서 포볼은 주지 않았다. 애틀랜타와의 경기에서 9회 완봉승을 거뒀다.

나그네
인생

05
세월

가버린 세월

어릴 때 친구들이 오랜만에 나선 여행
가는 곳 곳곳마다 무료 입장 하라 하네
가버린
세월 때문에
늙은이 취급받네

물 건너 제주도에 봄나들이 나섰더니
세상서 보는 눈은 노인처럼 보이는지
시종일
경로우대는
어쩐지 서글프네

소꿉친구들 5명이 제주도 여행을 했다. 가는 곳마다 경로우대로 무료입
장이며 할인받는 것은 마구 좋아만 할 일도 아니라며 우리가 언제 이렇
게 늙어버렸냐고 이구동성이었다.

나그네 인생

가을 맞은 내 인생(1)

나뭇잎 열매들이 익으면 떠나가듯
가을이 익어가니 인생도 따라 익어
어딘지 모르는 길을 터벅터벅 걸어가네

나뭇잎 가는 길은 축제장 분위기라
사람들 형형색색 삼삼오오 모여들고
비단옷 꽃단장하고 가는 모습 부러워라

나와 너 가는 길은 오지 못할 머나먼 길
다시는 오지 못할 길을 가니 슬프구나
도살장 가는 기분을 그 누가 알아줄까

나뭇잎이 마지막 가는 길은 곱게 단장을 해 아름답지만, 사람은 늙을수록 얼굴이 쭈글쭈글해 험상궂다. 손동작 발걸음이 힘이 없으니 억지 춘향 길을 가듯 느릿느릿 비틀비틀 걸어간다.

가을 맞은 내 인생(2)

인생길 걷다 보니 어느새 황혼이라
얼굴은 쭈글쭈글 주름은 늘어있고
수많던 검은 머리는 어디로 가고 없네

열매가 익어가고 나뭇잎은 울긋불긋
초목은 일 년 중에 황금기가 지금인데
이 몸은 가을이 오면 슬픈 노래 불러댄다

호랑이는 죽은 후에 털가죽을 남기지만
글쟁이는 죽은 후에 좋은 시를 남긴다지
오호라 삼류시인 글 뉘라서 읽어줄까

나무는 가을 되면 비단옷에다 충실한 열매를 맺는데 시인들은 내 인생
의 가을이라고 노래한다. 나 같은 삼류시인은 슬픈 노래만 하다 사라지
고 만다고나 할까?

나그네 인생

거울을 보다

평소에 들고 나며 깜박 잊고 살았는데
거울을 괜히 봤나 안 봤으면 좋았을걸
낯모른 할아버지가 수심이 가득하네

앞머리 대머리와 균형을 맞추려고
어제 낮 이발할 때 머리 짧게 깎았더니
현관문 나서는 순간 머리가 시려오네

아침에 집 나오다 현관 거울 보지 말걸
대머리 늙은이가 표정이 험상궂어
하루가 다 지나도록 기분이 언짢구나

올해가 3, 4일밖에 남지 않았다. 올 겨울 들어 오늘이 제일 춥다. 발 시
림을 견디다 못해 병원에 가 상담해보기 위해 거실 현관문을 여는 순간
머리에서 썰렁한 바람이 강하게 일어난다.

경로우대 좋지 않네(1)

대머리 흰머리에 얼굴엔 주름살이
세상이 나를 향해 늙은이 인정하니
어느새 묵은 세월이 부메랑 되어오네

찾아온 노쇠현상 피할 수 없는 법칙
누구나 세월 가면 늙는 건 사필귀정
나는 왜 허구한 날을 우울한 삶을 할까

병원에 자주 다니는 처지라 경제적인 부담도 컸는데 어느 날 진료비와 약값이 대폭 할인되었다. 작년엔 경로우대로 임플란트 시술을 받으면 두 개까지는 반값 적용이란다. 그렇지만 마냥 기분이 좋지만은 않다. 문명발달로 살기 좋은 세상이라지만 나이 많아 수명을 다해가니 어느 누가 세월 앞에 자유로울 수 있을 것인가.

나그네 인생

경로우대 좋지 않네(2)

옛날엔 지지리도 못살던 이 나라가
어느새 복지 나라 대열에 올라서서
늙은이
우대해 주는
경로사상 갸륵하네

공연장 무료입장 지하철도 무임승차
이름 난 명승고적 구경거리 모여 있는
서울에
살 수 없으니
즐겁진 않구먼요

얼마 전 서울에 갔을 때 지하철을 타고 이곳저곳을 갔으나 온종일 무료였다. 65세 이상 경로우대라며 고궁 관람 때도 무료였고 할인 적용받았다. 그렇지만 마구 좋아만 할 일도 아니다. 진주서는 버스비가 1만 원 넘게 드는 날도 있으니 말이다. 그러고 보니 서울 사람들은 선택받은 사람들인가보다.

고장 난 수도꼭지

모진 삶 이어가는 노인을 볼 때마다
나는 왜 걸핏하면 두 눈에 물이 샐까
고장 난
수도꼭지와
내 눈이 똑 닮았네

몽매한 보릿고개 넘어 보지 않은 이가
배고픔 서러움을 모를 건 당연한 일
그때를
떠올릴 때는
눈물샘이 넘치네

어려움을 당해보지 않은 사람은 그 사람의 삶의 질곡을 알 수 없다. TV
를 보면서도 인동초와 같은 삶을 사는 사람들을 본다거나 부모님 같은
노인들의 삶의 얘기를 들으면서 나도 모르게 눈물짓는다.

나그네 인생

나이테

하늘에 해와 달도 날마다 빙빙 돌고
산속에 나무들도 돌면서 자란다네
한 아름
훨씬 넘는데
언제까지 돌 것인가

동구 밖 큰 나무도 수백 년을 한결같이
비 오고 눈이 오나 거친 바람 불어대도
묵묵히 동그라미를 그리고 산다 하네

나이가 몇 살이냐 물었더니 묵묵부답
몇 바퀴 돌았냐고 물어봐도 대답 없네
나무도
세월 묵으면
치매 병 앓는 건가

―――――――――――

나무가 자라면서 1년이 될 때마다 동그라미가 만들어진다는데 이걸 보
고 나이테라고 부른다.

마음은 청춘인데(1)

세상은 한결같이 나에게 말하기를
늙었다 인정하니 서글프기 짝이 없네
꿈많은
청춘이다며
부르짖고 싶구나

어느덧 환갑 지나 고희도 지났으니
그 누가 쳐다봐도 늙은이 확실한걸
세월에 순응하면서 사는 것 옳잖을까

마음만 청춘이지 내 몸은 늙었는걸
현실을 부정하면 어떡해 이 사람아
스스로
책망하면서
자신을 꾸짖는다

나그네 인생

마음은 청춘인데(2)

이 몸은 늙었어도 마음만은 청춘이라
내 앞을 스쳐 가는 예쁜 여자 쳐다보네
각선미 좋은 여자를 대하면 즐겁구나

몸동작 둔해지고 아랫도리 힘없어도
얼굴이 고운 여자 자꾸만 눈길 가네
아내도 젊었던 시절 저토록 고왔을까

육신은 쇠했어도 높은 나무 오르고파
의욕은 넘치는데 그놈은 잠만 자니
소싯적 이팔청춘 때 그때가 그립구나

정기적으로 혈압 조절제와 비염 치료 약과 전립선 질환에 관련한 약 3
종류를 의사 처방받아 복용하고 건강식품 몇 가지를 복용하고 있지만,
회춘은 어려울 것 같다.

무정한 세월

이제야 삶의 맛을 조금은 알겠는데
한사코 가는 세월 무정한 임이구나
어느새 가버린 임은 가고는 오지 않네

사는 게 무엇인지 시집살이 여인처럼
지난날 삶의 애환 보상받지 못했는데
그 누가 돌려주겠나 어쩔 수 없는 거지

오늘이 가고 나면 내일이 찾아오고
올해가 지나가면 새해가 시작되니
이렇게 가고 오는 걸 세월이라 하더라

싸구려 신발과 옷만 사서 신고, 입고, 싸구려 먹을거리만 먹고, 돈 한 푼 쓸 때는 벌벌 떨고 노랑이 구두쇠 영감처럼 살았던 지난날이 인제 와서 생각하니 어리석고 잘못 산 것 같다.

나그네 인생

민들레 홀씨처럼

지연도 없었으며 학연은 있었던가
낯 설은 진주 땅에 머문 지 오래구나
사십 년 살고 나니까 뒤돌아볼 여유 있네

구름과 바람처럼 떠돌았던 나의 인생
낯설고 물도 설고 산천도 설한 데서
터 잡고 둥지를 틀고 황혼을 맞는구나

떠돌던 인생인데 정처가 있었던가
민들레 홀씨처럼 바람에 떠돌다가
우연히 머무른 곳에 해마다 피고 지리

농사만 짓다 서른이 다 된 나이에 상경해서 아내를 만났다. 수원과 충
남 예산을 거쳐 마산에 몇 달 살다가 진주에서 어언 40년 넘게 살았다.
뿌리가 깊이 박힌 민들레가 깃털 날개 달아 새끼 홀씨들을 어디론가 날
려 보낸 것처럼 딸자식이 생산한 손자 손녀, 이 녀석들도 자라나면 민들
레 홀씨처럼 또 어디론가 훨훨 날아가겠지.

바람과 세월(1)

세월은 바람 밀고 바람은 세월 끌고
이토록 늦게 한 걸 모두 다 알면서도
아무도
원상복구를
해주라 하지 않네

세월과 바람과는 일란성 쌍둥이라
해 가고 달 가게 해 나처럼 늦게 해도
넋두리 쏟아내면서 탓하는 이가 없네

세월이 지칠 때는 바람이 밀어주고
바람이 힘들 때는 세월이 끌어주네
오호라
우리 부부도
이처럼 살아가리

나그네 인생

바람과 세월(2)

코로나 창궐해도 그들은 부지런타
봄 맞아 아지랑이 산과 들에 춤추더니
어느새
가을이 가고
겨울이 오는구나

한평생 함께 사는 금실 좋은 부부처럼
바늘과 실이 함께 손발 척척 맞았으니
날 가고
달 갔던 것을
이제야 알겠구나

바람과 세월 놈은 일란성 쌍둥이라
내 앞에 지나가도 그 모습 안 보이고
쉼 없이
가고 있지만
형체도 볼 수 없네

바람과 세월(3)

이마에 흐른 땀을 시원하게 식혀주고
젖은 옷 말려주고 착한 일만 했던 바람
세월과
친구가 되어
원망만 듣는구나

세월을 부추긴 건 바람인 줄 몰랐는데
이 몸이 늙게 만든 나쁜 짓을 했었다니
병 주고
약 주는 것을
알고 나니 서글프네

나그네 인생

세월 앞에서

고운 꽃 푸른 잎도 세월 가면 낙엽 되고
양귀비 황진이도 오래전에 갔잖은가
그 누가 세월 앞에서 당당할 수 있으랴

천하를 호령했던 나폴레옹 수하들도
진시황 영웅호걸 절세가인 춘향이도
누군들 세월 앞에서 기 펴고 못살 테지

천지에 존재하는 세상에 모든 것은
덧없이 흘러가는 그를 따라가야 하니
그 어느 천하장사도 자유롭다 말하랴

십 년이면 강산도 변한다 했으니 이 세상에 목숨이 존재하는 모든 생명
체는 세월이 흐름에 따라 한곳에 오래 머물지 못한다.

세월에 부처

세상에 존재하는 동식물은 하나처럼
누구나 할 것 없이 세월 따라가야 하니
하늘서 주신 법칙을 그 누가 어길 텐가

할 일이 많고 많아 태산처럼 쌓였으니
넘치는 내 욕망을 이룩하고 말겠다며
갈 테면 너만 가라고 떼쓰면 해결될까

장 보러 가는 사돈 장짐 들고 따라가듯
할 일이 태산인데 그를 따라 가야 하나
잘 가라 배웅만 하고 돌아설 수 없는 걸까

이 일도 해야 하고 저 일도 해야 하고
산적한 해야 할 일 매조지 못했는데
데리러 올 것만 같아 자나 깨나 걱정이네

나그네 인생

세월은(1)

세월이 어떤 자냐 나에게 묻는다면
낮과 밤 쉴 틈 없이 이 몸을 늙게 하니
백두산
호랑이보다
무섭다고 말하리라

앞에서 끌어주라 뒤에서 밀어달라
왔다가 가라 하며 아무 말 없건마는
죽음에 이르게 하는 저승사자 같은 거지

세상에 모든 이가 먹고 놀고 잠잘 때도
궂은 날 안 가리고 제 할 일만 했잖은가
묵묵히
가는 세월을
원망은 말아야지

세월은(2)

인생은 한번 가면 두 번 다시 못 오는데
어젯밤 갔던 놈이 아침 되니 또 왔더라
갔다가
또 오는 놈이
세월 놈이 아니더냐

그 누가 좋아하랴 불청객이 아니더냐
오는 걸 막지 못해 가는 것도 잡지 못해
무논에 거머리처럼 떼어 낼 수 없는 거지

인생은 한 번 가면 다시 오지 못하는데
되풀이 오고 가는 세월 놈이 아니던가
아무리
피한다 한들
무슨 소용 있으리

나그네 인생

세월은(3)

풍운아 나폴레옹 진시황제 양귀비도
솔로몬 부귀영화 하나같이 헛됐으니
누구나
인생살이는
헛되고 헛되도다

이 몸을 찾아왔다 떠나가는 세월 놈을
대놓고 원망하면 어리석다 하잖을까
다시 올 세월 년에게 정주며 살아야지

동산에 떴던 해는 갔다가 돌아오고
서산에 지는 달도 다음 날 온다지만
인생길
떠났던 자는
되돌아서 못 온다지

세월을 누가 탓하랴

세월이 너무 빨라 속도를 늦추라며
오는 길 막는다면 다른 길 있다더라
눈에도
보이지 않아
막을 수 없다더라

하늘길 열려 있고 산천은 의구하고
해와 달 수천만 년 낮과 밤 오고 가듯
홀연히
오고 가는 걸
어떻게 탓을 하랴

내가 태어나고 자랐던 지리산 자락과 섬진강 줄기는 70년이 흘러도 변
하지 않고 그대로인데 나는 어느새 몸은 이곳저곳 병들어 있고 고쳐보
려고 애를 쓰면 쓸수록 또 다른 곳에 아픈 데가 생기더라.

나그네 인생

세월이 하는 일은

그놈이 도는 일을 사람도 따라 돌고
한 바퀴 돌고 나서 대부분 지친 인생
가쁜 숨 몰아 내쉬며 헐떡이는 모습 보라

사람은 먹고 자고 일하다가 잠깐 쉴 때
그자는 쉬지 않고 정해진 길을 가니
인생도 어쩔 수 없이 뒤따라 가야 하네

낮이나 밤이 돼도 어제오늘 내일이건
그놈이 하는 일은 육십갑자 도는 일만
임진년 한 바퀴 돌고 저만치 달아나네

궂은 비 오는 날도 삼복더위 찌는 날도
눈보라 삼 동 추위 살을 파는 겨울에도
묵묵히 돌기만 하니 쉬는 날은 언제일까

해와 달은 동에서 떠오르고 서로 넘어가는 걸 사람들은 이를 세월이라
하고 인생은 이를 따라가다가 지치게 된다. 길어야 100년 아니면 몇십
년을 따라가다가 멈추어 서고 만다.

즐겁지 않은 봄맞이

만물이 소생하고 새봄 노래 들리는데
오래된 고목이라 꽃피울까 걱정이네
떠나간 이팔청춘은 언제쯤 다시 올까

마음은 청춘인데 아랫도리 힘이 없어
젊음이 떠났으니 옛날 생각 간절하네
밤이면 즐겁다 하는 변강쇠가 부럽다

흘러간 저 강물이 되돌아 못 오듯이
가버린 내 청춘도 돌아오지 않을 거야
봄맞이 즐겁지 않아 어정쩡한 봄을 맞네

백수를 하는 세상이라며 회갑도 칠순 잔치도 열지 않고 팔순 때로 미루는 사람들이 많다. 그러나 나는 몸동작이 둔해지고 노쇠현상으로 장기들이 기능을 제대로 하지 못함을 실감한다. 무정한 세월을 한탄하며 시를 쓰고 있다.

나그네
인생

06
인생

곤고한 자

칠십 년 사는 동안 천년을 살 것처럼
허리띠 졸라매고 악착같이 살다 보니
십 년 된 중고차처럼 여기저기 고장 나네

무심한 세월이라 깜박했던 지난날이
한세상 살다 보니 이리도 짧은 것을
쉼 없이 달려온 길을 이제야 돌아보네

흘러간 저 강물은 되돌리지 못하듯이
가버린 세월 역시 되돌릴 수 없잖은가
학대해 망가진 몸을 이제야 후회하네

지난 몇 년 동안 밥 먹고 잠자는 시간 외에는 컴퓨터 앞에만 앉아 소설
을 써 댔다. 한참을 쓰다 보면 눈이 침침해져 모니터에 써놓은 글을 읽
을 수가 없다. 하나님께 흙으로 지으심 받은 인간의 육신은 그분의 소유
인 걸 내 몸인 양 무리했나 보다.

나그네 인생

나그네 인생(1)

나그네 손님처럼 빈손으로 왔던 이가
또다시 빈손으로 어디론가 떠나가네
정처도
없는 사람이
바쁘게 어디 갈까

아방궁 꾸며 놓고 진시황 꿈만 꾸다
잠 간만 머물다가 또다시 가는 인생
한평생 모은 재산을 바보처럼 두고 가네

무슨 일 하기 위해 그토록 바삐 가나
배우자 형제자매 친구도 본체만체
가족도
모두 버리고
발걸음이 떨어질까

나그네 인생(2)

인생은 내나 너나 동반자 없는 길을
울면서 겨자 먹듯 가기 싫은 길을 가네
다시 올
기약이 없는
오지 못할 길을 가네

영원히 같이 살자 굳은 맹세 하였건만
아내는 남편 두고 남편은 아내 두고
어느 날
길을 떠나는
안타까운 인생이네

나그네 인생(3)

떠나면 편지 한 장 전화도 할 수 없고
어디서 왔는지도 가는 곳 모르면서
돌아서
올 수도 없는
억지 춘향 길을 가네

혼자서 나그넷길 떠나가는 이 사람아
가는 곳 어디인지 말해주면 좋잖을까
꿀 먹은
벙어리처럼
가기만 하는구나

나그네 인생(4)

바닷가 모래처럼 많고 많은 사람 중에
갔다가 되돌아온 나그네가 있었던가
누구나
한번 떠나면
두 번 다시 못 오네

남처럼 살기 위해 아등바등 살다 보니
어느새 황혼이고 종착역이 눈앞이라
한 많은
나그네 인생
울면서 길 떠나네

나그네 인생(5)

육십령 칠십령을 유년 때 바라보면
저 높은 험한 준령 언제 넘냐 했었는데
왔던 길 뒤 돌아보니 그 고개를 넘었구나

해마다 넘어가던 보릿고개 사라지고
삶의 질 좋아지니 너나 내나 건강하네
백수를
누리는 세상
장수 꿈을 꾸련다

유행가 백 세 인생 여가수가 불렀듯이
만약에 나 데리러 저승사자 찾아오면
해야 할 일이 많으니 못 간다고 해야지

나그네 인생(6)

몇십 년 살다 죽고 굶주리던 그때에는
육십 년 살았다고 회갑 잔치 해주었지
한 많은
아리랑고개
넘던 때 돌아보네

그 옛날 보릿고개 힘들게 넘던 시절
나물죽 꽁보리밥 먹기 싫다 짜증 내던
철부지
자식 놈 보며
부모 맘은 어땠을까

나그네 인생(7)

인생은 내나 너나 빈 주먹 불끈 쥐고
요란한 울음 울고 이 땅에 왔었으니
갈 때는 손바닥 편 채 간다고 하잖던가

꽃 대궐 고대광실 집 짓기 열중하고
세월이 가는 줄도 모르고 살아가다
모든 걸
그대로 둔 채
정처 없는 길을 간다

어디서 왔었는지 어디로 가는 건지
가는 곳 모르면서 캄캄한 길을 가며
아는 길
가는 것처럼
정처 없는 길 떠난다

나그네 인생(8)

몇십 년 잠시 잠깐 길어야 팔구십 년
하숙집 머무르다 떠나는 나그네라
새벽에
물안개처럼
사라지고 만다 하네

심청이 인당수에 삼백 량에 팔려가듯
야속한 새벽닭이 울어대면 떠나야 할
시한부
사형수 같은
나그네 아니던가

나그네 인생(9)

백 년을 산다던가 천년을 산다던가
기와집 빌딩 짓고 돈 모아 무엇하나
여인숙
투숙객처럼
머물렀다 가잖던가

피곤해 지친 몸을 추슬러야 할 일인데
어리석은 사람들아 무슨 일을 열심인가
하룻밤
잠깐이라도
푹 쉬다 떠나게나

나의 삶

옛날엔 육십갑자 한 바퀴 돌고 나면
모두가 기진맥진 숨차다 했었는데
힘들어
보이지 않고
태산도 넘겠구나

내 인생 가야 할 길 얼마만큼 남았을까
지나온 뒤안길에 연연하지 말아야 해
통 크게
살아가리라
큰맘 먹고 살련다

인생은 동그라미 도는 것과 같다고 한다. 갑자을축 육십 간지를 한 바퀴 돌고 나면 세상 떠난 사람이 옛날엔 많았지만, 요즘은 60년 70년 살면서 회갑 잔치는 물론이고 칠순 잔치도 남의 눈치를 살펴 가며 연다고 한다.

나그네 인생

낮잠

두 눈에 천근만근 무거운 짐 짊어진 듯
점심을 먹고 나면 눈까풀에 신호하니
몇십 분 자는 재미가 꿀처럼 달콤하네

오찬을 하고 나서 오수 잠깐 취했더니
한나절 나른했던 피로가 확 달아나니
오후에 풀 실타래가 엉키지 않겠구나

낮잠을 자고 나면 변함없는 일상생활
글쓰기 하는 일이 행복하고 즐거운데
불청객 찾아 들어서 시샘할까 두렵네

점심을 먹고 나서 한 식경 꿀잠 즐기는 하루하루가 즐겁다. 잠깐 낮잠
자고 일어나 행복하고 즐거운 맘으로 컴퓨터 앞에 앉는다.

노년의 행복

근검한 아내에다 자식 손자 거느리고
음식물 잘 먹으니 사대육신 건강하고
글 쓰다
책을 읽으니
노년이 행복하네

여름엔 선풍기가 추울 때는 보일러가
제 할 일 분담하니 더위 추위 걱정 없고
번갈아
친구 만나는
재미가 쏠쏠하다

집 안에 부엌이나 거실에는 언제나 먹을거리가 준비되어 있으며 이 친구 저 친구 만나는 재미가 쏠쏠하다.

나그네 인생

노년이 즐겁다

컴퓨터 교육장에 오는 사람 하나같이
왕년에 잘나가며 한 가닥씩 했었지만
직함은
어디로 가고
이 빠진 호랑이네

복지관 건물에서 점심때 줄 설 때는
모여든 노인들이 도토리 키 재기네
부자도 가난뱅이도 아무도 표 안 나네

잘나지 못한 자나 고위직 누린 자도
세월을 묵다 보니 똑같은 늙은이라
젊을 때
열등의식이
바람처럼 사라지네

떠날 땐

이 세상 모든 것을 내가 갖고 있다 해도
이 한 몸 죽는다면 내 소유가 아니라네
모든 걸
빌려 쓴 거니
떠날 땐 두고 가네

맨주먹 맨손으로 이 땅에 태어나서
이만큼 살았으면 부귀영화 누린 거지
떠날 땐
감사하면서
떠나야 마땅하리

너나 내나 천년만년 살 것처럼 모두가 재물 모으기에 혈안이다. 나이 많
아 언제 죽을지도 모르면서 통장에 들어있는 돈을 꺼내 쓰지 못하는 사
람이 많다.

나그네 인생

바늘방석

애경사 부조금을 모아두지 못했으니
교회 생활 문학 놀이 어딜 가도 불편하네
언제쯤
바늘방석을
벗어나 맘 편할까

못나고 못 배워도 돈이면 되는 세상
가난한 인생살이 열등의식 못 버리고
남은 생
살아가려니
한숨이 절로 나네

교회에 가도 헌금을 못 하며 문학모임에 가도 찬조금을 남들처럼 내지
못하니 언제나 변방이다. 거기다 양가 부모님 다 돌아가시고 자식들 혼
례도 다 마치고 문학 활동도 늦은 나이에 시작했는데 교회와 향우회,
문학단체마다 무슨 놈의 애경사도 그리 많은지 부조금을 내지 못하면
다음에 만날 때 바늘방석에 앉은 기분이다.

어리석은 인생

그만큼 모았으면 즐기고 살면 될걸
천년을 살 것처럼 만년을 살 것처럼
죽도록
일만 하다가
바보처럼 죽고 마네

꿀벌과 개미들이 부지런히 일 한 것은
겨우내 즐기면서 편케 살기 위해선데
인생은
어리석도다
재물만 쌓다 죽네

술과 담배는 젊을 때 끊은 70 중반을 넘긴 친구가 승용차에다 확성기 장치를 하고 땡볕에 손님을 부르고 있었다. 모아 놓은 재산을 어찌하려느냐? 죽을 때는 돈 한 푼 가지고 가지 못한다고 쏘아붙였었다.

나그네 인생

왔다가 가는 것

단풍도 태어날 때 푸른 잎을 가졌듯이
사람도 처음 올 땐 검은 머리 아니던가
세월을 묵다가 보니 하얗게 변하더라

푸른 잎 단풍 되어 흙으로 돌아가듯
인생도 자연 따라 언젠가 가야 하니
왔다가
돌아가는 걸
애달파 말아야지

왔다가 가는 것이 자연의 순리라서
하늘에 달도 가고 강물도 흘러가고
세상사 모든 것들은 왔다가 간다 하네

유한인생

인생은 유한인데 세월은 무한인가
태어나 죽는 것이 정해져 있었으니
아무리
발버둥 쳐도
팔구십 살다 가네

태초에 창조주가 흙으로 빚었으니
연한이 꽉 찼으면 그곳에 가야 하는
섭리에
순응하여야
인간의 도리이지

세월이 오고 가는 걸 막을 수 없듯이 사람이 늙지 않고 죽지 않으려 애를 써도 결국은 헛수고이니 왔던 곳 흙으로 되돌아가야 한다.

인생(1)

푸른 옷 갈아입고 꽃피고 열매 맺고
비단옷 울긋불긋 곱던 때 잠깐이니
길 위에
나뭇잎들이
예사로 안 보이네

어느새 봄이 오고 여름 가고 가을 오듯
온 세상 만물들이 부귀영화 잠깐이니
왔던 길
되돌아가는
인생도 이와 같네

길 위에 떨어진 가로수 잎들이 예사로 보이지 않고 내 인생을 보는 것 같다. 옛날에는 추위 걱정을 하지 않고 살다가 요즘은 겨울이 고통스럽다. 각종 문학단체에서 보내온 책들을 읽느라 눈이 따갑고 침침하며 허리통증에 발이 시려 글쓰기에 지장이 많다.

인생(2)

하늘에 흰 구름이 어디론가 흘러가듯
가는 곳 모르면서 정처 없는 길을 가고
누구나 한번 떠나면 다시는 오지 않네

강물도 흘러가고 세월도 흘러가고
인생도 이들처럼 무작정 따라가네
다시 올 기약 없는데 알고나 가는 걸까

강가에 새벽안개 떠오르다 없어지듯
앞장서 걷던 이가 보이지 않는구나
가족도 모두 버리고 바람처럼 사라졌네

선학산에 오르다 아무렇게 떨어져 있는 나뭇잎을 밟으면서 나도 이와
같은 인생이구나 싶다. 나뭇잎처럼 한번 떨어지면 그만이다 싶어 예사
로 안 보인다. 그렇지만 풀과 나무는 새봄이면 다시 건강하게 새싹이 돋
고 꽃피우고 열매를 되풀이해서 맺으니 부럽다.

나그네 인생

인생길(1)

정도만 걸어가도 가고 나면 허무한데
좁은 길 가지 않고 변칙 길을 가면 쓰나
앞선 자 걸었던 길을 따라야 하는 거지

종착역 가고 나서 이구동성 말하기를
힘들고 어려웠던 길이라고 말들 하지
알면서 따라만 가는 바보가 아니던가

힘들다 가지 않고 가기 싫다 아니 가고
맘대로 오고 가는 그런 길이 아니라오
돌아올 기약 없는 걸 알지만 가야 하네

사람은 태어나면 죽는 것이 필경으로 정해져 있다. 진시황처럼 늙지 않기 위해 불로초를 구해 먹고 생명을 연장하기 위해 상식 밖의 방법을 동원하는 것들도 변칙이라 해야 한다. 우주만물 창조주께서 좁은 길 가라고 했다.

인생길(2)

인생길 가는 길이 늘어났다 한다지만
백 년만 걸어가면 다 간다고 하잖은가
어느새 칠순 고개를 힘들게 넘고 있네

어제는 지나갔고 내일도 금방이고
지친 몸 힘들어도 일어나 가야 하니
세월이 시위를 떠난 화살처럼 빠르구나

재물이 많든 적든 지위가 높든 얕던
선인이 갔던 길을 누구나 가야 하니
모두 다 같은 숙제를 하늘에서 주셨다네

어릴 때는 지루했던 세월이 지금은 눈 깜짝할 새다. 나라 경제가 성장하고 삶의 질이 높다 보니 우리나라 평균수명이 놀랍도록 늘어나 100세 세상이라고 하니 그나마 위안 삼아야 한다.

인생길은 나그넷길

편한 길 지름길과 가는 방향 모르면서
어디로 가는 건지 이정표도 없는 길을
또다시 오지 못하는 고난의 길을 간다

낮과 밤 할 것 없이 눈이 오고 비가 와도
날 좋고 궂은 날도 정처 없는 길을 가다
지쳐서 쓰러진 후에 가는 길은 멈춘다

한평생 세월 따라 바람 따라 길만 걷다
머나먼 종착지에 어느 날 다다르면
인생은 나그네라고 되뇌며 눈을 감네

인생은 나그네가 길 가는 것과 같아 낮이나 밤이나 밥 먹고 누워서 잠
자는 시간도 가만히 있는 것이 아니고 인생길 가는 것이란다. 늙어가는
것과 나이를 먹는 것이 우리 눈에는 보이지 않지만, 육체는 변화되어가
고 언젠가는 죽는 것이 인생인데 한번 죽으면 다시 살아나지 않는다.

인생 노래

인생이 무엇인지 알지도 못하면서
세월만 따라가다 쓰러질 지경 되고
지난날 희로애락이 눈앞에 빙빙 도네

궂은일 좋았던 일 극과 극을 왔다 갔다
어느새 몸은 늙어 황혼 길에 들어서니
지는 해 바라보다가 비로소 깨닫는다

걸어온 지난날은 고난의 길이다며
모두 다 이구동성 노래를 부르더니
십자가 길을 가듯이 남은 길 걷겠단다

젊을 때 품던 꿈이 늙어서도 변함없고
품은 맘 청춘인데 사대육신 따로 노니
이제야 인생이란 걸 조금은 알겠구나

─────────────

칠순 고개에 들어서면서 생체리듬이 급속도로 둔해지고 있음을 실감한
다. 오늘 다르고 내일 다르니 말이다.

나그네 인생

인생은 어리석다

세상에 얽매인 삶 희로애락 많더라만
내 삶은 어리석고 한심하게 살았구나
한평생 다 살고 나니 되돌려 살고 싶다

이리도 짧은 인생 백 년도 살지 못해
날 파리 살다가 듯 짧은 세월 살면서도
수백 년 살다 가듯이 아등바등 살았구나

천년을 살다 가듯 온갖 애를 쏟아내다
지난날 돌아보니 헛된 삶을 한 것 같아
잘못된 인생살이를 이제야 후회하네

손들고 부른다고 떠난 버스 태워주나
소 잃고 외양간을 고쳐봤자 무엇하나
인생은 어리석구나 정말로 한심하네

인생은 60부터(1)

무정한 세월 탓에 이렇게 늙었으니
꿈꿨던 청사진이 물거품 되는구나
남몰래 한탄했던 날 수없이 많았었네

세끼 밥 잘 먹고 사대육신 쓸만한데
세상은 나를 보고 늙은이라 말을 하네
내 몸을 조사해보니 이유를 알겠구나

늘어 난 평균수명 백수까지 한다는데
나는 왜 허구한 날 허둥대며 사는 걸까
인생은 육십부턴데 괜스레 걱정했네

_____

우리나라 평균수명이 남자가 80에 도달했고 여자는 87세에 육박했다는
보도를 봤다. 건강관리만 잘하면 100세까지도 무난히 산다고 한다.

나그네 인생

인생은 60부터(2)

어느새 환갑 지나 고희고개 올랐으니
알찬 꿈 일장춘몽 될까 봐 걱정했네
괜스레 불안했구나 백세 사는 세상인걸

세월이 흐른 후에 강산이 변하듯이
세상이 변했으니 백 년을 사는 세상
인생은 육십부터라 그 말에 힘이 솟네

짧으면 오륙십 년 오래 살면 칠팔십 년
옛날엔 백 년 고개 넘은 이가 몇이던가
세상이 변화했으니 새롭게 살으련다

인생은 육십부터라 했으니 내 나이 60 된 지는 이제 10년밖에 되지 않
았다. 소설도 쓰고 싶고 시와 시조 수필들도 많이 쓰고 싶다. 한 번도
해보지 못한 해외여행도 하고 싶다.

인생은 하숙생

쇠해서 굽은 허리 추슬러야 할 일인데
쉬는 날 하루 없이 그토록 열심인지
낼모레 그날이 오면 억울해 어떡하나

몇십 년 잠시 잠깐 길어야 한 백 년을
하숙집 머무르다 떠나는 나그넨데
모두 다 그대로 두고 떠나야 하잖은가

하룻밤 여인숙에 잠시 잠깐 머무르다
새벽닭 울어대면 어디론가 떠나야 할
모두가 다르지 않은 나그네 아니던가

인생길 걷다 보면 편한 길 많지 않고 서산에 지는 해를 바라보다 세월
은 너무 짧다는 걸 깨닫게 되고 지옥과 천당을 오간 모진 삶을 했던 것
도 뒤돌아보게 된다.

죄인

주일 날 교회 가면 앞뒤 자리 모여앉아
주님께 예배하고 사는 얘기 주고받고
목사님
설교 말씀이
시름을 잊게 하네

예배를 끝마치고 집에 오는 시간부터
곧바로 세상 속에 폭 빠진 죄인 생활
주일날
교회에 가면
속죄기도 미안하네

청년 때부터 수십 년째 교회에 나가고 있다. 세상 사람처럼 살지 말고
교인처럼 살아야 한다고 목사님은 말씀하지만, 어찌 그것이 맘대로 할
수 있는 것인가?

죗값

여자는 짧은 치마 무릎 위에 올라오고
남자는 정장 차림 넥타이를 동여매니
창조주
하나님께서
남자만 벌주시네

남자가 입은 옷은 손목 발등 덮이면서
발에는 검정 구두 한여름에 이열치열
동산에
선악과일은
남자만 따먹었나

날이 더워지자 거리에 행인들의 옷차림은 남자들보다는 여자들이 시원
한 차림이다. 핫팬츠에 가슴만 가린 차림을 한 행인에게 나도 모르게
시선이 오래 머무른다.

나그네 인생

허무하지 않은 인생

인생이 허무하다 노래하는 사람들아
벌판에 꽃 한 송이 피운 것 보았는가
씨앗을 만들기 위해 갖은 고난 겪었었지

나의 삶 불행했다 얘기하는 사람들아
길가에 민들레가 꽃봉오리 맺기 위해
밟히고 또 밟히면서 꽃피운 걸 봤잖은가

세월이 빠르면서 인생이 허무한 건
허황된 목표 세워 이루지 못해서고
오르지 못할 나무를 쳐다봐 그런 거지

부부가 금실 좋아 실한 씨 생산하고
하나님 형상 닮은 아들딸 잘 키우면
허무한 인생이라고 그런 말 하겠는가

07
자연

꽃

세상엔 이 꽃 저 꽃 계절 따라 피고 지고
못난 꽃 잘난 꽃이 하도 많아 넘쳐나도
벌 나비
날아온 꽃이
진정한 꽃이더라

세상에 이런 사람 저런 사람 하도 많아
이목구비 뚜렷하고 지위 권세 높다지만
인품이
좋지 않으면
쳐다나 보겠는가

선학산을 오르다 보면 정수장 왼쪽으로 긴 울타리엔 덩굴장미가 빨갛게
피어 곱다. 그렇지만 꿀벌이 날아 오지 않았고 오른쪽에 빈 공터에는 토
끼풀이 무리 지어 자란다. 조그맣고 보잘것없는 희고 작은 들꽃들이 피
어 있는 곳에는 꿀벌들이 쉬지 않고 들고 날곤 했다.

나그네 인생

꽃 중의 꽃

꽃 색깔 곱지 않고 모양새는 못났어도
달콤한 꿀 내주니 벌 나비가 모여드네
꽃향기
나눠 주어야
진정한 꽃이더라

장미나 국화꽃이 꽃 중의 왕이란데
장미는 가시가 돋아 있어 정이 없고
국화는 향이 좋아서 내 맘을 사로잡네

꽃 색깔 고운 꽃이 좋은 꽃이 아닐진대
장미가 주장하길 꽃 중의 왕이라네
아서라
그런 소리는
꽃의 사명 알잖은가

꽃처럼 살고 싶다

예쁜 꽃 피어봤자 열흘 피고 진다는데
젊음도 봄꽃처럼 짧기만 하였구나
왔던 길
되돌아가서
다시 나고 싶어라

벌 나비 불러모아 단 꿀도 나눠 주고
꽃향기 베풀어서 뭇사람 즐겼으니
짧은 생
살다간 네가
부럽기만 하구나

봄꽃은 피고 지고 나면 내년 봄에 또다시 피고 지고 할 수 있으니 화무
십일홍이라는 말에 반박하고 싶다. 꽃처럼 다시 태어난다면 지난 삶처
럼 살지 않고 인생살이 해본 경험이 있어 이를 토대로 더 보람 있게 살
수 있을 것인데 하는 아쉬움이 있다.

나그네 인생

구름(1)

동산에 드러누워 하늘을 쳐다보면
티 없는 흰 구름이 평화스런 모습인데
어느새 검은 구름이 쫓아와 에워싸네

캄캄한 하늘에는 흰 구름이 안 보이고
언제나 검은 구름 모여들어 하는 짓은
부모가 죽은 것처럼 울기만 하는구나

맘 약한 흰 구름아 그곳에 가지 마라
먹구름 함께하면 까닭 없이 슬퍼하니
그들이 모인 곳에는 십중팔구 눈물 있다

하늘 전체에 구름이 덮여 있을 때는 구름이 움직이는 것이 보이지 않는
다. 여름엔 검은 구름만 나타나면 십중팔구는 비를 뿌린다.

구름(2)

떼 지어 하늘마당 달려가는 저 구름은
오늘도 바쁘구나 무슨 회의 있는 건지
모여든 구름 떼들이 차례차례 자리 잡네

밤낮을 모르는 듯 모이면 비 뿌리고
일 년 내 애써 지은 농사도 망쳐놓고
땅 위에 사는 자들은 안중에도 없구나

여름밤 울며 흘린 눈물은 빗물 되고
겨울밤 밤새 흘린 눈물은 하얗구나
땅 아래 사람에게는 많이 울면 불편하지

구름이 흘러가다 먼저 도착한 구름에 막혀 움직이지 못하면 울고 있는
것처럼 비를 뿌린다.

나그네 인생

길

넓은 길 고속도로 빠른 길 기찻길도
공중에 하늘길도 서울로 가건마는
나는 왜
비행기 타고
서울에 못 가는가

세계에 모는 길은 로마로 향해 있고
한반도 모든 길도 서울로 향해 간다
나도야
케이티엑스
타는 날 있으려나

문학단체 본부들이 서울에 있는 관계로 뒤늦게 글쓰기 삼매경에 빠진
나는 서울에서 열리는 문학 행사에 KTX와 비행기를 타고 가는 것은 고
사하고 버스를 타고 가는 것도 부담돼 가지 못한다.

남강

사백 년 한결같이 흘러가는 남강물은
사각진 의암 위에 그때 사연 안다 하네
임 위해
내 던진 넋을
고이 안고 간다 하네

그때나 지금이나 푸른 남강 변함없고
그날의 함성인지 대밭 바람 구슬프다
눈앞에
그때 일들이
생생하게 펼쳐지네

남편은 아내 찾고 아내는 남편 찾고
아이는 엄마 찾는 애달픈 목소리가
귓가에
머무르다가
어디론가 가는구나

나그네 인생

늦더위(1)

선풍기 바람 소리 쉼 없이 들리 건만
양 볼에 비지땀은 미끄럼 타고 논다
에어컨
리모컨 들고
켤까 말까 망설이네

아내가 다리 다쳐 서 있기도 불편한 몸
한증막 공간에서 목욕 요양 욕보는데
에어컨 웬 말이더냐 선풍기도 과분하네

아내가 일 마치고 현관문 들어서면
어떻게 해주어야 위로가 될 것인지
글쓰기
하다가 말고
골똘히 생각하네

늦더위(2)

말복이 지난 지가 일주일 되었건만
가마솥 찜통더위 한여름 능가하니
늦더위
횡포야말로
뺑덕어미 심술 같다

말복 날 처서 절기 곧이어 다가오면
아침과 저녁에는 시원함 느꼈지만
올해는
폭군 더위가
가실 줄을 모르네

2019년 8월 11일이 말복인데 처서는 23일이니 12일이나 뒤에 있다. 예
년에는 말복 뒤에 곧바로 처서(處暑)라 시원해졌다. 올해는 날마다 밤늦
게까지 선풍기를 돌린다.

나그네 인생

돌연변이

한여름 수은주는 최고치를 웃도는데
때아닌 돌연변이 계절을 잊었나 봐
철부지 코스모스가 꽃망울 터뜨린다

지금이 어느 땐데 제철을 잊었던가
날마다 폭염경보 푹푹 찌는 여름날에
때 이른 꽃 보지마는 반길 수는 없으리

태양이 가고 나서 뒤를 따라 달이 가듯
여름이 가고 나서 가을이 와야 하지
순리를 저버린다면 그 누가 좋아하리

제철에 난 과일이 맛이 있고 꽃도 제철에 피어야 아름답다. 아직 불볕더
위가 계속인데 가을꽃인 국화나 코스모스가 피었다면 돌연변이가 아니
겠는가? 선학산을 오르다 보면 봄에 피는 꽃인 개나리 진달래가 가을
에 피기도 한다. 선학산 자락에 급수저장고 둘레 철조망 울타리에서 자
라는 덩굴장미는 한겨울이 지난 이듬해 1, 2월에도 붉고 작은 꽃들을
여기저기서 피워낸다.

등대

해님이 서산 넘고 깜깜한 밤이 되면
항구를 부지런히 오고 가는 배를 향해
밝은 빛
비춰 줄 테니
걱정은 말라 하네

물고기 가득 싣고 풍어가 부르면서
통통배 오는 길을 밤새워 안내하다
이제는 지쳤는가 봐 깜박깜박 졸고 있네

밤 안개 자욱해서 깜깜한 먼바다에
어부가 마음 놓고 물고기 모는 것은
항구에
터줏대감이
등대 사명 다해서네

나그네 인생

매미(1)

보랏빛 꿈을 위해 캄캄한 땅속에서
예쁜 꿈 꾸고 깨다 했던 날 얼마런가
길고 긴
칠 년 세월을
벼르고 살았었다

꿈꾸던 대명천지 세상에 나왔으나
코로나 창궐하며 폭염만 계속이고
며칠만 살다 가라니 서럽지 않겠는가

긴 세월 어둠에서 고통을 견디다가
세상에 나왔으나 천적이 우글대고
여름만
살고 가라니
슬퍼서 우는구나

매미(2)

어떤 이 매미 소리 아름다운 노래라며
더위를 식혀주는 청량제라 말하지만
무더운
여름날인데
소음공해 아니던가

기쁨의 노래인지 슬퍼서 우는 건지
낮잠을 자려는데 매미 소리 시끄럽네
이제는
다른 데 가서
하소연 하려무나

왕매미가 귓속에 들어와 산 지 오래다. 밖에서 우는 매미는 여름 한 철 울어대지만, 귓속에 사는 놈은 벌써 수십 년째 죽지 않고 나를 괴롭힌다.

나그네 인생

왕매미

농부가 가꾼 곡식 해치는 일이 없고
시원한 나무 그늘 벗 삼고 노래하며
이슬과
나무진으로
여름 한 철 연명하네

거처할 집도 없고 가진 재산 하나 없이
한 계절 먹고 자고 입고 벗을 걱정 없는
한여름
사는 걸 보라
신선놀음 아니던가

비록 여름 한 철 짧게 살다 죽는 매미는 송충이나 쐐기처럼 사람에게
혐오감을 주지 않고 육식을 하지 않고 잡초나, 곤충이나, 동물들에게 어
떠한 피해도 주지 않는다.

바다(1)

어머니가 그리워서 우는 줄 알았더니
파도가 몰려와서 **뺨**을 때려 울었단다
다친 데 한 곳 없는데 엄살이 심하구나

태풍이 불어와도 용감히 싸워야지
수평선 저 멀리서 노는 파도 겁을 내나
큰바다
올라서려면
용감해야 하잖을까

소리 내 요란하게 우는 이유 물었더니
큰 파도 쫓아오니 무서워서 운다 하네
덩치만 크다뿐이지 겁쟁이 아니던가

장단 맞춰 철썩철썩 춤추다 가는데도
겁쟁이 저 바다가 어쩔 줄 몰라 하네
점점 더
큰소리 내어
울어대고 있구나

나그네 인생

바다(2)

덩치 큰 저 바다가 잠귀가 밝아선지
파도가 조심조심 다가오자 잠을 깨네
귀여워
만지는 뺨이
아파서 우는 걸까

마실 간 어머니가 돌아오지 않아설까
시간이 지날수록 목 놓아 울고 있네
밤새워 우는 소리가 애달프고 처량하다

파도가 불러주는 철썩철썩 자장가에
조용히 잠만 자던 덩치 큰 저 바다가
엄마가
보고 싶은지
잠 깨어 울고 있네

바다(3)

끝없는 망망대해 통통배도 안 보이고
갈매기 날지 않고 푸른 파도 없었다면
그 누가
아름답다며
관심을 두겠는가

불타는 아침노을 아름답게 수를 놓고
해님이 저녁노을 그려주지 않는다면
고독함
달랠 수 없고
외로워 못살 테지

지구면적의 70%가 바다란다. 우리나라는 삼면이 바다로 둘러싸여 있으
니 육지면적은 좁을지라도 넓은 국토를 가지고 있다고 봐야 한다.

나그네 인생

장산곶 등대

해님이 서산 넘고 깜깜한 밤이 되면
항구를 부지런히 오고 가는 배를 향해
밝은 빛
비춰 줄 테니
맘 놓고 일하라네

물고기 가득 싣고 풍어가를 부르면서
통통배 항구 찾아 돌아오는 새벽에는
졸음이 올만도 한데 초심을 잃지 않네

밤 안개 덮여 있는 울산항 먼바다에
어부들 마음 놓고 고기잡이 열심인 건
장산곶
터줏대감의
공로라 인정하네

장승

머리 위 공중에서 뜨거운 태양 볕이
온종일 내리쬐도 초심을 잃지 않고
마을만 쳐다보면서 잡귀를 물리쳤다

찬 서리 눈보라가 깊은 살 도려내듯
긴긴밤 모진 바람 코끝을 휘감아도
한 곳에 서 있었으나 허리 굽지 않았다

천하에 대장군과 땅 위에 여장군이
한반도 바다 건너 독도에 침 흘리는
왜구를 지키는 임무 맡기면 좋겠구나

―――――――――――

일본인들이 겁낼 수 있게 수호신 역할을 하는 장승이라도 독도에 세워
경각심을 불러일으키게 하는 것도 괜찮을 성싶다.

저 별은 뉘 별일까

여름밤 반짝이는 저 별은 뉘 별일까
마당에 덕석 펴고 모깃불 타오르면
별세다 잠이 들었던 그때가 그리워라

고향 쪽 하늘 보며 별빛을 헤아리다
별안간 난데없는 별똥별 쏟아지면
불현듯 울컥해지고 부모님 떠오르네

여름밤 더위를 식히며 밤하늘서 떨어지는 별똥별을 자주 봤었고 죽음이 임박한 사람의 혼불이라는 말을 들었다. 떨어지는 별똥별이 한사코 부모님 별이 아니길 기원하면서도 죽음이 임박한 건 아닌지 걱정했었다.

진주 남강

그때의 혼을 담아 변함없이 푸른 남강
푸른 띠 두른 듯이 진주성을 감아 돌고
강 건너
대숲 바람은
7만 열사 함성인가

치마에 돌을 실은 아낙도 안 보이고
진주성 촉석루도 그때 사연 모르는 듯
모두다
어디로 갔나
누굴 잡고 물어볼까

나그네 인생

철새

동남아 아프리카 각국에서 한반도에
철새가 날아와서 먹이 사냥 열심인데
텃새는
배고프다며
투덜대고 있구나

사계절 뚜렷하고 먹잇감이 충분해서
봄여름 가을 겨울 철모르고 날아오니
철새에
떠밀린 텃새는
변방만 돌고 있네

우리나라에도 귀화하는 외국인이 많다고 한다. 관광비자로 혹은 연수
근로자로 각양각색으로 우리나라를 찾았다가 모든 국민이 피하는 기피
업종에 몇 년씩 일해 돈을 모아 금의환향한다.

청송(靑松)

무구한 오랜 세월 하도 많은 낮과 밤을
품은 뜻 세한 고절 모진 풍상 겪어 내며
임 위한
곧은 절개로
초심을 지켰었네

태곳적 세한도란 그 명성 지키려고
한평생 푸른색 옷 입고 벗지 않았으며
화려한 채색옷들은 쳐다보지 않았다오

언제나 같은 자리 오래오래 변함없이
사계절 푸름 지켜 세한삼우 정신으로
한자리
지키고 있는
곧은 맘 칭송하리

나그네 인생

푸른 솔

세상에 나무들은 계절마다 형형색색
고운 옷 입고 벗고 철을 따라 치장해도
푸른 옷 입은 그대로 올겨울 맞는다네

봄여름 가을 겨울 오직 푸름 한가지로
천년이 흘러가도 변함없는 초심으로
오로지 청송으로만 천년만년 산다네

차가운 겨울 추위 눈보라 몰아쳐도
비단옷 노랑 빨강 채색옷 거절하고
이대로 천년이라도 변찮고 산다 하네

양지면 어떠하리 음지이면 어떠하리
푸른 솔 한번 품은 초심은 변치 않고
세상이 변한다 해도 굽히지 않는다네

나그네 인생

초판 1쇄 2022년 11월 30일

지은이 강병선
발행인 김재홍
마케팅 이연실
디자인 김혜린

발행처 도서출판지식공감
브랜드 문학공감
등록번호 제2019-000164호
주소 서울특별시 영등포구 경인로82길 3-4 센터플러스 1117호{문래동1가}
전화 02-3141-2700
팩스 02-322-3089
홈페이지 www.bookdaum.com
이메일 jisikwon@naver.com

가격 12,000원
ISBN 979-11-5622-735-9 03810